光文社文庫

長編時代小説

惜別

鬼役 五

新装版

坂岡　真

光　文　社

この作品は、二〇一二年八月に光文社文庫より
刊行された『惜別　鬼役 五』に著者が大幅な
加筆修正をしたものです。

目次

幕府の職制組織における鬼役の位置

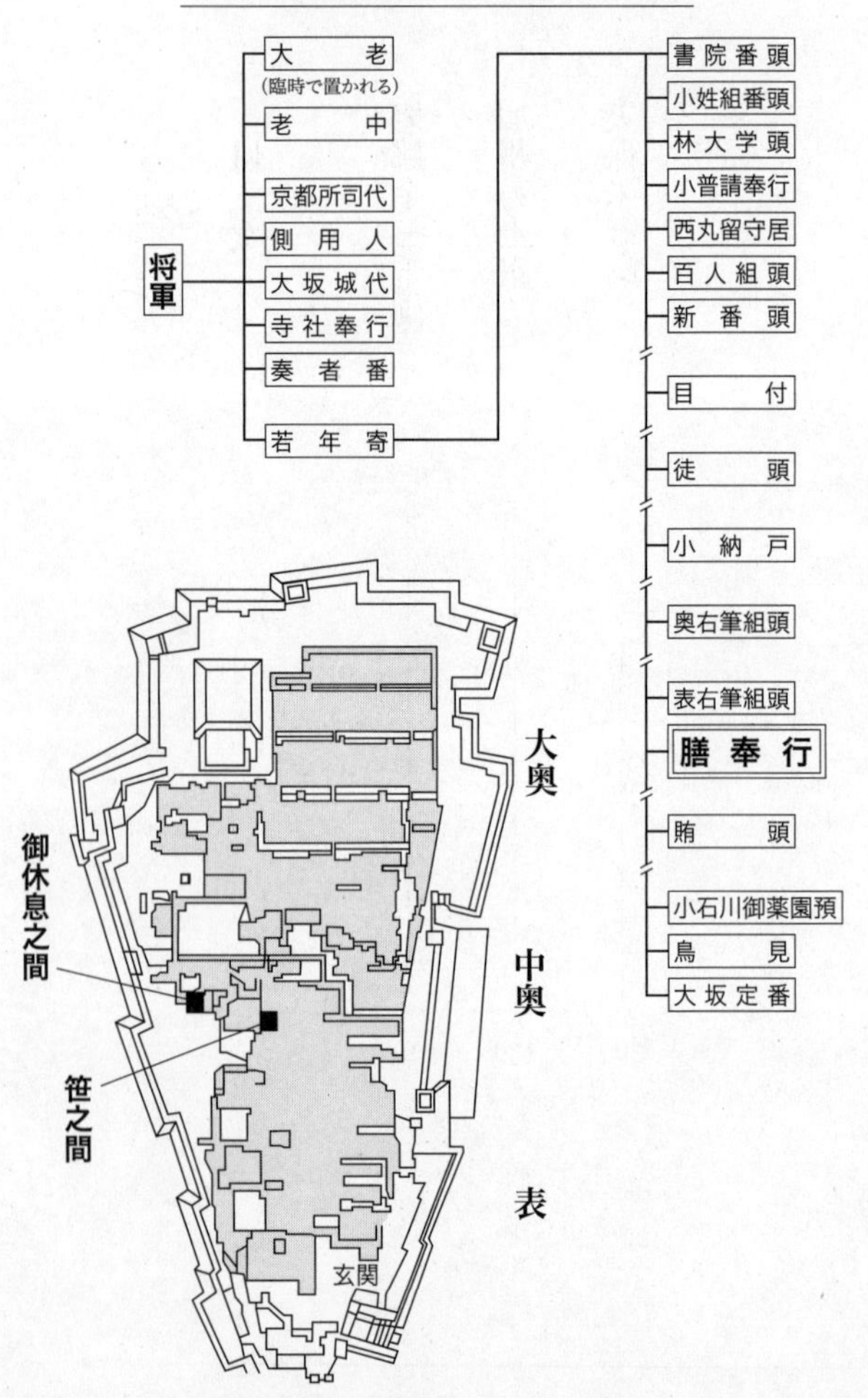

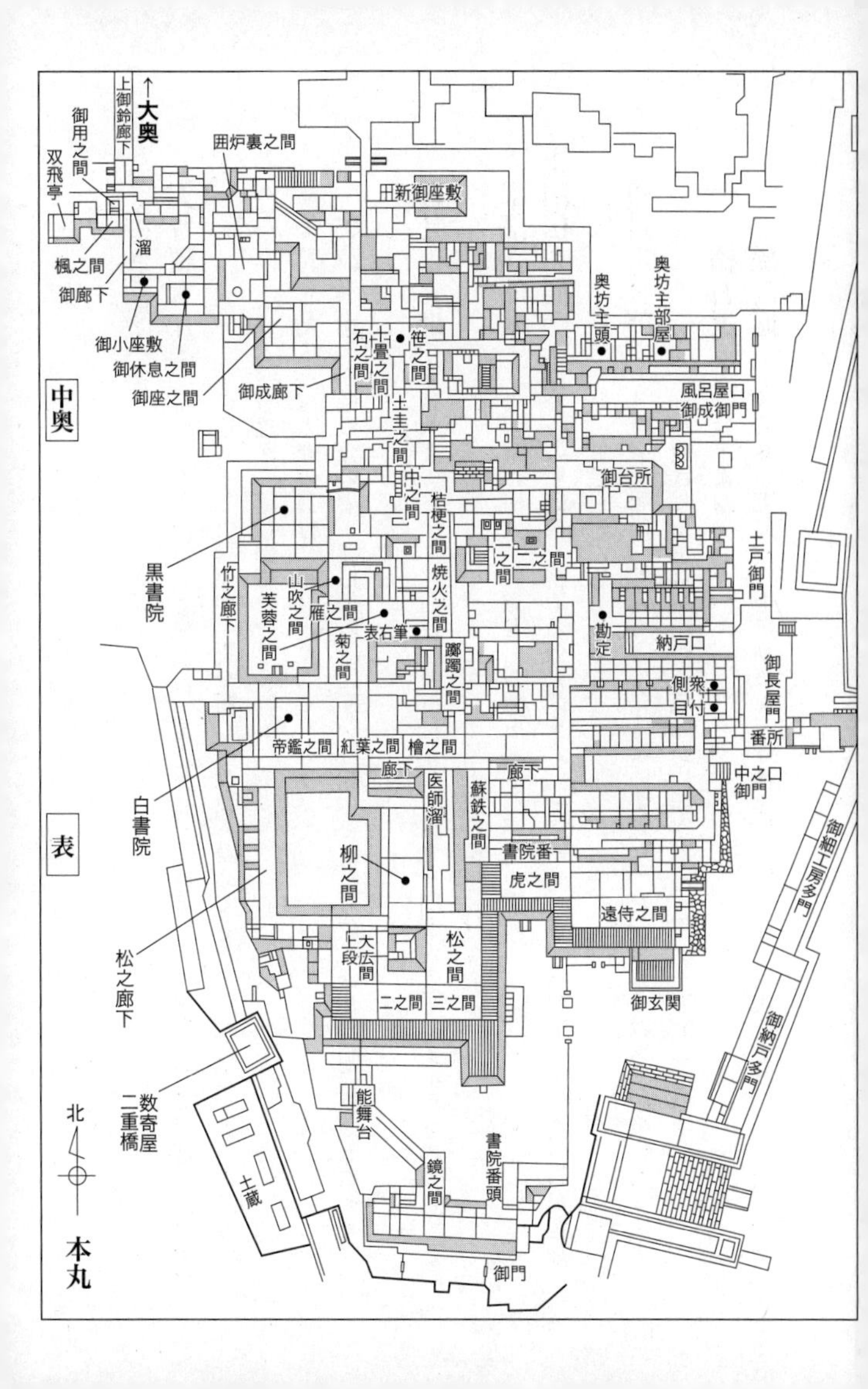
大奥
上御鈴廊下
御用之間
双飛亭
囲炉裏之間
新御座敷
溜
楓之間
御廊下
御小座敷
御休息之間
御座之間
御成廊下
石之間
十畳之間
笹之間
奥坊主頭
奥坊主部屋
風呂屋口御成御門
中奥
土圭之間
中之間
御台所
桔梗之間
黒書院
竹之廊下
山吹之間
芙蓉之間
雁之間
焼火之間
一之間
二之間
土戸御門
表右筆
菊之間
躑躅之間
勘定
納戸口
側衆
目付
御長屋門
番所
帝鑑之間
紅葉之間
檜之間
廊下
医師溜
蘇鉄之間
中之口御門
白書院
表
柳之間
書院番
虎之間
遠侍之間
御細工房多門
上段
大広間
松之間
松之廊下
二之間
三之間
御玄関
御納戸多門
数寄屋二重橋
能舞台
北
鏡之間
書院番頭
土蔵
本丸
御門

主な登場人物

矢背蔵人介……将軍の毒味役である膳奉行、またの名を「鬼役」。御役の一方で田宮流抜刀術の達人として幕臣の不正を断つ暗殺役も務めてきた。いまは、小姓組番頭の橘右近から暗殺御用を命じられている。

矢背志乃……蔵人介の養母。薙刀の達人でもある。

矢背幸恵……蔵人介の妻。徒目付の綾辻家から嫁いできた。蔵人介との間に鐵太郎をもうける。弓の達人でもある。

綾辻市之進……蔵人介の義弟。真面目な徒目付として旗本や御家人の悪事・不正を糾弾してきた。剣の腕はそこそこだが、柔術と捕縄術に長けている。

串部六郎太……矢背家の用人。悪党どもの臑を刈る柳剛流の達人。

土田伝右衛門……公方の尿筒役を務める公人朝夕人。その一方、裏の役目では公方を守る最後の砦。武芸百般に通じている。

望月宗次郎……矢背家の居候。もともとは矢背家の隣人だった望月家の次男。政争に巻き込まれて殺された望月左門から蔵人介に託された。甲源一刀流の遣い手。

橘右近……小姓組番頭。

孫兵衛……蔵人介の実父。三十年勤めた天守番を辞して、神楽坂に店を出した。

鬼役 五

惜別

婀娜金三千両

一

天保四年（一八三三）、葉月白露。

夜半から吹きはじめた風は雨をともない、明け方になって暴風雨となった。

天を仰げば龍のような雲が乱舞し、横風に煽られた立木は折れんばかりだ。

矢背蔵人介は頰を引きつらせながらも、浄瑠璃坂の急勾配を下りはじめた。

黒羽織に簑を着こみ、菅笠までかぶっている。

「ぬぐ」

菅笠が風で煽られるたびに、固く結んだ紐が咽喉を締めつけた。

わずかでも気を抜けば、からだごと強風にもっていかれそうだ。

蔵人介は名刀来国次の柄を握って踏んばり、一気に坂を駆けおりた。

切れ長の目に高い鼻梁、丹唇は薄く、顎は桃割れに割れている。

顔やからだの贅肉は殺ぎ落とされ、四十五にしては若くみえる。

痩身をかたむけて疾駆するすがたは、餓えた山狗を連想させた。

これでも歴とした城勤めの旗本、将軍家毒味役にほかならない。

役名を膳奉行と称する毒味役は、箸で取りそこねた魚の小骨が公方の咽喉に刺さっただけでも罪に問われる。下手をすれば首までなくしかねない。神経の磨りへる役目だが、役料はたったの二百俵にすぎず、公式行事では布衣も赦されぬ裏方だった。

割の合わぬ役目を仰せつかって二十有余年、三日に一度まわってくる出仕のおりはいつも首を抱いて帰宅する覚悟をきめている。

「殿、こちらへ、早う庇の下へ」

市ケ谷御門の脇から身を乗りだし、用人の串部六郎太が手招きをした。

蟹のような体軀の男は、みずから「鎌髭」と呼ぶ同田貫を帯に差している。臑斬りを本旨とする柳剛流の達人なのだ。

蔵人介も田宮流抜刀術の練達、宙に飛ばした首は十指に余る。

それが業となり、時折、前触れもなく指が震えた。

愛刀来国次の長柄には、八寸（約二四センチ）の刃が仕込んである。

毒味役に仕込み刃は要らぬはずだが、いざというときの備えを怠ることのできない理由があった。

暗殺御用という家人も知らぬ役目を帯びていたからだ。

が、もはや、それも過去のこと、密命を下す立場にあった若年寄の長久保加賀守はこの世にいない。蔵人介が葬った。事情を知る者は、長らく加賀守の用人をつとめ、蔵人介に「鞍替え」した串部だけだ。

「殿、大事ありませぬか」

「おう」

野分のせいで出仕できぬとなれば、腰抜け侍の誹りを免れぬ。

「たとい槍が降ろうとも、出仕せねばなるまいが」

「大奥様も同じことを仰いました。髷は飛ばされても、侍の気概は失うなとも」

「養母上らしいな」

「たいした御用はなくとも、出仕だけはせねばならぬ。ふっ、宮仕えの悲しさですな」

串部は元来が大名家に仕えた陪臣、幕府の直参を嫌っているのか、いつもことばに棘がある。

「長屋暮らしの浪人者が羨ましい」

たしかに、今日ほど浪人者を羨ましいと感じたことはない。

ふたりは暴風に軋む門を抜け、迷路のような番町を斜めに突っきった。

そこいらじゅうから簑笠を着けた侍たちがすがたをみせ、気づいてみれば細道は城勤めの軽輩どもで埋めつくされている。

みな、黙々と同じ方角に向かっていた。

泥濘と化した善國寺谷を渡り、麹町五丁目から大路を東へ進む。

雨に霞む半蔵門を左手に眺め、水嵩の上がった濠端の道を歩く。

城勤めの行列は桜田門まで途切れることもなくつづいていった。

と、そのとき。

急使らしき者がひとり、門から飛びだしてきた。

「方々、ご無礼つかまつる。道を……道をお空けくだされ」

大音声で叫びつつ、こちらに駆けてくる。

「どうした、何があった」

簑笠の連中は色めきだち、急使をやり過ごすと同時に、簑笠をかたむけた。

白い顔が浜辺に打ちよせる白波にも見え、血相を変えた急使は白波に追いかけられるかのように駆けている。

「ほ、来よった」

串部は足を止め、猪首（いくび）をかしげた。

急使が石に躓（つまず）き、どうと前のめりに倒れこむ。

「だいじょうぶか、おい」

串部は駆けより、急使の肩を抱きおこしてやった。

「か、かたじけない」

「城内で何があった」

「ご重臣（じゅうしん）、平川（ひらかわ）御門内にて切腹」

「重臣とは誰じゃ」

「御免、先を急ぎまする」

泥まみれの急使は声を裏返し、後ろも見ずに走りさる。

おそらく、切腹した者の自邸にでも向かったのだろう。

本丸（ほんまる）の裏手にあたる平川門は不浄門とされ、大奥（おおおく）などで死者が出た際にしか使用されなかった。不浄門内で腹を切ったのは、屍骸を運ぶ手間を少しでも省こうとする配慮にちがいない。

いずれにしろ、城内を血で穢す行為が赦されるはずもなかろう。

正気を失ったのでなければ、命と交換に何かを訴えたかったのではあるまいか。

蔵人介は思案顔になった。

串部が苦い顔で吐き捨てる。

「こんな悪天候の日に、腹なぞ切りおって」

「まあ、そう責めるな。無念腹を切ったのかもしれぬぞ」

「無念腹でござりますか」

「ああ」

「ご重臣とは誰のことでしょうな」

「さあ」

「関心がござりませぬか」

「まあな」

「殿は何があっても泰然と構えておいでだ。そこが良いところでもあり、物足りないところでもござる。大地震でお城が跡形もなく崩れても、動じることはありますまい」

簑笠の行列が動きだした。

ひとりとして口を開く者はおらず、葬列のような集団が門に吸いこまれてゆく。

「触らぬ神に祟りなしか。くわばら、くわばら」

串部は溜息を吐き、みなの気持ちを代弁してみせる。

桜田門を抜ければ西ノ丸下、そこからさきは礼儀上、どのような天候でも簑笠を脱がねばならない。

「殿、お着替えを」

「よし」

蔵人介は行李を携えた串部に黒羽織を預け、素早く麻裃を身に着けた。

髷も月代も濡らして玉砂利を踏みしめ、内桜田門へ急がねばなるまい。

ひょう、ひょうと風が哭いていた。

天は黒雲に覆われ、光の射しこむ余地もない。

蔵人介は重い足を引きずり、桔梗門とも呼ばれる内桜田門を潜り抜けた。

この夏、東北と関東全域は暴風雨に見舞われ、その影響で東日本以北の一円は飢饉となった。商人は米の買い占めと売り惜しみに走り、米価は前年の三倍にまで跳ねあがり、農村では一揆や逃散が頻発、江戸でも打ち壊しが相次ぐようになる。

のちに天保の飢饉と呼ばれる惨状は、やがて日本全土に波及し、貧困に喘ぐ村々では娘売り、子殺し、強訴、地逃げのたぐいが後を絶たなくなる。血に餓えた無頼漢どもは城下町へなだれこみ、悪辣非道な蛮行を繰りかえし、江戸、大坂でも押しこみ強盗や火付け、辻斬りのたぐいはめずらしいことではなくなりつつあった。

こうした情勢をわかっているのかいないのか、在位四十六年におよぶ将軍徳川家斉は千代田城にて還暦の祝いを盛大にとりおこない、なんら打開策を講じていない。安楽で豪奢な城暮らしをつづけ、諫言におよぶ勇気ある家臣も見当たらなかった。

重臣の一部は悪徳商人と結託して平然と不正をおこない、平役人のほとんどは保身に走り、政事はひとにぎりの側近たちによって牛耳られている。長期におよぶ徳川政権の疲弊と腐敗は、もはや限界に達していた。

二

城内には湿気が充満し、からだじゅうにべっとり汗が貼りついている。

こうした日は食べ物が腐りやすい。

御膳所の庖丁方は気苦労の多いことだろう。

夕餉のお役目も心して掛からねばなるまいと、蔵人介は豊富な経験からおもった。

毒味役が役目の最中に命を落とすことはまずないが、死と隣りあわせの役目と見なす者は多い。

そのせいか、毒味役は「鬼役」とも呼ばれていた。

鬼たちが待機するのは中奥の笹之間。大厨房で作られた料理はまっさきにここへ運ばれてくる。そして毒味の済んだ料理は、小納戸方の手で「お次」と称する隣部屋へ移される。「お次」には炉があり、汁物などは替え鍋で温め、料理の多くは盛りなおしたうえで梨子地金蒔絵の懸盤に並べかえる。一の膳と二の膳、美濃米の詰まった飯櫃が仕度されたのち、公方の待つ御小座敷へ運ばれていく。

配膳を役目とする小納戸方の面々は、長い廊下を足早に渡っていかねばならない。懸盤を取り落としでもしたら一大事。汁まみれの味噌臭い首を抱かされ、不浄門からおくりだされる運命が待ちうけていた。

本丸の鬼役は五人、ふたりずつの交替でやりくりされる。

どちらか一方が毒味役となり、相番は見届け役にまわった。

毒味に精通した蔵人介は、かならずといってよいほど毒味役を押しつけられる。

ほかの者はできるだけ毒味を避けたいので、蔵人介と相番になることをのぞんだ。

桜木兵庫もそうした者のひとり、毒味御用を誇りにおもうどころか、不運とし
か考えない輩だ。

「矢背どの。お聞きなされたか、腹を召された方がどなたか」

「いいや」

「されば、お教えいたそう。御勘定奉行の安達和泉守さまでござる」

「ほう」

「ここだけのはなし、無念腹であったとか」

おもったとおりだ。

勘定奉行は腹を切ることで、何事かを訴えたかったにちがいない。

「詳しいはなしは存ぜぬ。ただ、夏越の祓があった水無月晦日の晩、勘定方をつ
とめるふたりの配下が死を遂げております。このふたり、なんらかの密命を帯びて
いたらしい。和泉守の無念腹と配下の死は、おそらく、密接に関わっておる。そう、
拙者は睨んでおりましてな」

桜木はでっぷりと肥え、月代にいつも汗を掻いている。噂好きで、井戸端の嬶ァ

なみによく喋る。相番になると、いつも辟易とさせられた。が、笹之間にはふたりの鬼役しかおらず、役目柄、やたらと席を立つわけにもいかない。

蔵人介は眉ひとつ動かさず、廊下の跫音に耳をかたむけた。

暮れ六つ（午後六時）まで、半刻（一時間）を切っている。

「もうすぐ、夕餉でござるな」

桜木には余裕があった。毒味をする気など毛頭ないからだ。

「本日は月例の吉日。矢背どの、御膳には白身魚の尾頭付きが供されますな」

「真鯛でござろう。一の膳の汁は鯉こく、向付は平目の刺身」

音もなく襖が開き、見目の良い若者が一の膳を運んできた。

なるほど、汁は鯉こく、向付は平目の刺身にほかならない。

「さすがこの道二十有余年、御献立を寸分違わず言い当てなさる」

御膳所の者に訊いたわけではない。だが、蔵人介は台所方の仕入れた食材から連想し、献立を一から十まで描いてみせることができた。

「されば矢背どの、お毒味を」

「かしこまった」

桜木に促され、蔵人介は自前の竹箸を取りだした。

料理に息が掛からぬように、鼻と口は懐紙で隠す。

睫毛一本も落とせぬため、ほとんど瞬きはしない。

箸を器用に動かしながら、まずは鯉こくに取りかかる。

旨味の滲みでた汁は美味だが、味わってなどいられない。

毒味は淡々とすすみ、しばらくして二の膳が運ばれてきた。

吸物は雉の腸からつくった青がち、平皿には鱚の塩焼き、めずらしいところでは上方風の鯖鮨、煮物には里芋、置合わせは柿膾、蒲鉾、玉子焼、お壺は鱲子、甘味噌を付けて炙った茄子田楽なども見受けられた。

茄子田楽はふた股の串に刺さっている。生焼きのものを食し、お次の部屋できちんと焦げ目を付けてから供するのだ。

やがて、真鯛の尾頭付きが運ばれてきた。

ここからが、鬼役の腕の見せどころだ。

魚の骨取りは、じつに難しい。

かたちをくずさずに背骨を抜き、竹箸の先端で丹念に小骨を除いていく。

頭、尾、鰭の形状を保ったまま骨抜きにするのは、熟練を要する至難の業だ。

蔵人介は息を詰め、素早く的確にこなしていった。

ところが。

骨取りを済ませた途端、強烈な差しこみに襲われた。

「うっ、ぬぐ」

苦しむ蔵人介を面前にして、桜木は顔色を変えた。

「毒でござるか、矢背どの、毒でござるか」

眸子(まなこ)を剝(む)き、唾を飛ばして繰りかえす。

「うろたえなさるな、毒ではない」

鯖鮨だなと、蔵人介は直感した。

公方のたっての所望(しょもう)で、献立にくわえたのだ。

鯖の生き腐れともいうとおり、鯖は腐りやすい。

いかに塩と酢でしめても、腐蝕を避けられぬときがある。

ともかく、すべての膳をさげさせねばなるまい。

「誰か、誰かおらぬか」

片膝立ちで叫ぶ桜木を、蔵人介は制した。

「あいや、騒ぎたてはご無用」

「何を申される」

「御小納戸頭取の碩翁さまに知られたら、庖丁方の首が飛ぶ。ここはひとつ穏便に」

「か、かしこまった」

桜木は浮いた尻を落とし、懐紙で汗を拭う。

蔵人介は振り向きざま、のどちんこを擽ってやる。

ぐえっ。

途端に、吐いた。

吐瀉物を散らさぬよう、器用に吐いてみせる。

「いやはや、お見事」

桜木は汗を拭きながら、しきりに感心している。

すっかり始末を済ませ、小納戸方を呼びつけた。

顔をみせたのは、さきほどの利発そうな若者だ。

「いかがなされましたか」

「即刻、膳を取りかえさせよ」

蔵人介は両手で痰壺を差しだした。

「これを御台所頭にみせ、鯖鮨を調べよと伝えるのだ。ただし、秘かにな」

「は、かしこまりました」

若者は表情も変えず、痰壺を携えて去った。

桜木は滴る汗を拭い、ほっと溜息を吐いた。

「矢背どの、なにゆえ、庖丁人を庇われる。失態は明白、腹を切らせて然るべきところでござろう」

「庖丁人ひとりのせいとも言えぬ。これしきのことでいちいち騒いでおったら、御膳所で働く者はひとりもいなくなる」

「なるほど」

御膳所の連中とは持ちつ持たれつ、鬼役には庖丁人を育てる役目もあるのだ。

――河豚毒に毒草に毒茸、なんでもござれ。死なば本望と心得よ。

養父信頼に教えこまれた家訓を、蔵人介は幾度となく胸に繰りかえす。

蔵人介は天守番をつとめる御家人の家に生まれた。幼い時分に母を亡くし、十一歳で矢背家の養子となり、十七歳で跡目相続を容認された。二十四歳で晴れて出仕を赦されるまで、養父には毒味作法のいろはを手厳しく仕込まれた。毒を舐め、味を舌に覚えこませもした。尋常な修行ではない。

鬼役の鬼には、鬼門という意味もふくまれている。

通常は長くとも三年程度で役目替えを赦され、然るべき地位へ昇進してゆくのだが、蔵人介はいちどたりとも昇進の沙汰を受けたことがない。

――蛙の子は蛙じゃ。

初の御目見得で公方が吐いた。

養父同様、毒味役一筋の忠勤に励めという命であった。

爾来、鬼門の下に留まりつづけ、二十有余年が経った。

他人を容易に寄せつけぬ厳しい風貌のせいか、小納戸方や御膳所の連中には「六道の修羅」だの「閻魔の侍従」だのと囁かれている。

「こう言ってはなんでござるが、庖丁人のなかには矢背どのを祟り神のごとく毛嫌いする者も少なくないと聞く。そんな連中を救ってやらずともよかろうに」

「嫌われていようが好かれていようが、救わねばならぬ者は救う」

「それが鬼役、でござるか」

「いかにも」

蔵人介は背筋を伸ばし、居ずまいを正した。

何事もなかったかのように、しゃんとしている。

――死なば本望と心得よ。

胸の裡で家訓を唱えた。

ふたたび膳が運びこまれ、毒味が一からはじまった。

三

子ノ刻（午前零時）を過ぎ、風雨は少し弱まった。

城内は寝静まり、夜廻りの跫音も聞こえてこない。

蔵人介はむっくりと起き、薄暗い廊下に抜けだした。

厠へ向かうのかとおもえば、三十畳敷きの萩之御廊下を渡り、公方が朝餉をとる御小座敷の脇から御渡廊下を音もなく進んでいく。

まっすぐに抜ければ上御錠口、その向こうは大奥だ。

左手に曲がって進めば、公方が茶を点てる双飛亭がある。

突如、行く手にぽっと白いものが浮かんだようにみえた。

「ん」

腰を落として身構え、眸子を凝らす。

「ひとか」

白装束の老臣が正座し、懐剣を腹に突きたてている。

――やめろ。

という台詞が口から出かかった。

つぎの瞬間、白装束の侍は消え、廊下は闇に閉ざされた。

怖気立つような気配だけが、その場にわだかまっている。

重苦しい気分で廊下を曲がり、夜廻りの灯がないのを確かめ、蔵人介は楓之間に滑りこんだ。

部屋のなかは、いっそう暗い。

底知れぬ闇を手探りで進み、床の間の端に垂れた紐を引く。

すると、芝居仕掛けのがんどう返しさながら、正面の壁がひっくり返った。

壁の向こうは御用之間、歴代の公方が極秘の政務にあたったという隠し部屋だ。

ただでさえ狭いのに、公方直筆の書面や目安箱の訴状などを納めた黒塗りの御用簞笥に部屋は占められている。

「よう来たな」

暗がりから、疳高い声が掛かった。

丸眼鏡をかけた老臣が、茶坊主のように座っている。

幽霊ではない。

小柄な猿顔の老臣は橘右近、近習を束ねる小姓組番頭だ。

職禄四千石は側衆につぐ高禄、旗本役としては最高位に近い。

毒味役の蔵人介にとってみれば、雲上の人物にほかならなかった。

「稲穂が実り、野花が露を結ぶころ、きまって大風が吹きあれる。それにしても、今年の野分は別格じゃ。関東から東北一円にかけて、すでに被害は甚大との報せを受けておる。天明以来の飢饉に見舞われても、なんらおかしくはあるまい。ただでさえ、世情が不安なときに、城内で腹を切るうつけ者もおる」

橘は派閥の色に染まらず、御用商人から賄賂も受けとらず、寛政の遺老と称された松平信明の活躍していたころから今の地位に留まっている。反骨漢にして清廉の士、中奥に据えられた重石のようなもので、周囲からは「目安箱の管理人」と呼ばれていた。

「たとい病死あつかいとなっても、他人の口に戸は立てられぬもの。この一件をすっきりさせぬかぎり、城内にわだかまった鬱陶しい空気は晴れぬ。そこで、おぬしに来てもらったのじゃ。見たのか」

「はあ」

「はあではない。幽霊でも見たのかと訊いておる」

「見たような気もいたしまする」

「あれは和泉守じゃ。うつけ者め、平川御門から運ばれていきよったわ」

「聞くところによれば、無念腹を召されたとか」

「ひと月余りまえ、子飼いの配下をふたりも失ってのう。くよくよ悩んでおったらしい。重職を任せるには、ちと肝が小さすぎたようじゃ」

「ご配下は斬られたのですか」

「さよう、暴漢に斬られたのじゃ」

水無月晦日の晩、浅草新堀川(あさくさしんぼり)に架かる菊屋橋(きくや)の西詰めで暴漢に斬られた。

「菊屋橋」

「さよう、とあるものを移送中にな」

「それは」

「急かす(せ)でない。あとで説明いたす」

「暴漢とは何者です」

「それを探るのが、おぬしの役目よ」

「なにゆえ、拙者が」

「事情を知りたくはないのか」

「別に」

「斬られた者たちに同情もせぬと」

「見も知らぬ方々にござりまする」

「ふん、さすがは鬼の血をひく矢背家の当主。血も涙もないとみえる」

「これは心外」

矢背という姓は、洛北の八瀬の地に由来する。

遥か千二百年前に勃発した壬申の乱の際、天武天皇が洛北の地で背中に矢を射かけられた。「矢背」と名づけられた地名が、やがて「八瀬」と表記され、集落の民はみずからを八瀬童子と呼称するようになった。

八瀬の民は鬼の子孫であることを誇り、鬼を祀ることでも知られている。事実、集落の一角にある「鬼洞」という洞窟では、都を逐われて大江山に移りすんだ酒呑童子が祀られていた。

鬼の子孫であることを公言すれば、弾圧は免れない。

村人たちは比叡山に隷属する寄人となり、延暦寺の座主や高僧、ときには皇族の輿をも担ぐ力者に任じられた。伝承によれば、この世と閻魔王宮とのあいだを往来する輿かきの子孫とも、大王に使役された鬼の子孫ともいわれている。

また、戦国の御代には禁裏の間諜となって暗躍した。闇の世では「天皇家の影法師」と畏怖され、絶頂期の織田信長でさえも闇の族の底知れぬ能力を懼れたという。

「心外と申しましたのは、手前が養子ゆえにござります。なるほど、矢背家は八瀬童子の首長に連なる家柄なれど、女系ゆえ、養父信頼も御家人出身の養子にござりました。父子ともども、鬼の血は流れておりませぬ」

信頼と養母志乃は子を授からず、鬼の血脈は志乃の代で途絶えることとなった。妻の幸恵は徒目付の綾辻家から娶った女性なので、当然のごとく、一粒種の鐵太郎にも鬼の血は流れていない。

「くだくだ説かれずとも、わかっておるわ。じゃがな、矢背家の養子となった者は少なからず、鬼の性質を帯びてくる。信頼が良い例よ。むかしは温厚な若侍じゃったが、志乃どのと暮らしはじめてから、ひとが変わった。毒を喰うたせいもあろう。眉間に縦皺を寄せ、他人を寄せつけぬようになった。偏屈な鬼と陰口まで叩かれてのう。なれど、何年も経って、わしは由々しき事実を知った。おぬしの養父が秘かに暗殺の命を帯びていることをなあ」

法度では容易に裁けぬ悪玉が、千代田城には蔓延っている。獅子身中の虫を根絶するには、鉄の心で悪を断つ凄腕の刺客が必要だった。

「そなたの養父に白羽の矢が立ったのじゃ。無論、裏の役目を知る者はごくわずかにすぎぬ。やがて信頼が死に、暗殺御用はおぬしに引きつがれた。おぬしは見掛けによらず、血の熱い男じゃった。忠犬のふりを装い、飼い主を手に掛けたのじゃからなあ。詳しい経緯は語るまい。斬られた側に非があったればこそ、わしはおぬしに近づいた。いまいちど正義の剣を取らぬかと、再三、誘うておるのじゃ」

「そのお誘い、はなはだ迷惑にござります」

「なんじゃと。二百俵取りの鬼役風情が小生意気なことを抜かすでない。何をほざこうとも、こたびの一件からは逃れられぬぞ」

「なぜ、でござります」

「元甲州勤番、神尾徹之進は存じておろう」

「神尾」

どきりとした。

「ふっ、顔色が変わったな。神尾は介者剣術の流れを汲む卜傳流の達人、かつては、おぬしと同じ道場で鎬を削った仲、無二の親友であったとも聞いておる」

そのとおりだ。神尾は城勤めになってから妻を娶り、子もふたりもうけた。十年前までは勘定組頭をつとめていたが、些細な失態で役目を解かれ、甲州へ配転させられた。甲州勤番は落ちこぼれが左遷される吹きだまり、一部では「山流し」などと囁かれている。

神尾は「山流し」から五年後に職を辞し、浪々の身となった。風の噂に妻子とも別れたと聞いていたが、心当たりを尋ねてみても消息は杳として知れなかった。

「神尾が、どうしたと仰るので」

「とある者の口から、神尾徹之進の名が洩れたのよ。その者は婀娜金の移送にあたった者でな」

「婀娜金」

「吉原の冥加金じゃ。それゆえ、婀娜金と呼ばれるのじゃ。半季で三千両にのぼる。それがそっくり、水無月晦日の晩に強奪されたのよ」

移送の責を負ったのは勘定組頭の海老原伊織と袋田左内、荷車の前後左右には腕におぼえのある者十余名をしたがえていた。

「荷運びの者たちもふくめ、皆殺しじゃった。袋田は即死、海老原だけはまだ息があった」

海老原は将来を嘱望された旗本の子で、無念腹を切った安達和泉守の娘を娶ることがきまっていた。

「海老原はいまわに、神尾徹之進の名を吐いた。人相を知っておったのじゃ。神尾はおそらく、暴漢のひとりに相違ない」

嘘だと、胸の裡で吐き捨てる。

神尾は、無欲を絵に描いたような男だった。

金欲しさに辻強盗なぞはたらくわけがない。

「人は変わるもの。うらぶれた果てに、人間本然の欲がむっくり頭をもたげたのじゃろう。狂気に憑かれた人間の浅ましさ、凄まじさ。修羅の道を歩むおぬしなら、わからんでもあるまい。わしはな、神尾が和泉守の切腹に関わっていると踏んでおる」

勘定奉行が死を賭してまで訴えたかったこと。神尾が関わっているとなれば、それが何かは気に掛かる。

「わかったか。どのみち、おぬしはこの件から逃れられぬのよ」

蔵人介は黙った。反駁の余地はない。

「聞けば、おぬし、夕餉の毒味で鯖にあたったそうじゃのう」

「誰がそんな告げ口を」

「まあ、よいではないか。腹の具合はどうじゃ」

「大事ありませぬ」

「無理をいたすな。当面は家宅にて静養するがよい」

「できませぬ。この二十有余年、病と偽って出仕を控えたことはいちども」

「堅いことを抜かすな。ほかの役目ならいざ知らず、毒味役を解かれることはまずあるまいて。なにせ、なり手がおらぬ。ふはは、案ずるな。わしのほうでうまくやっておく。おぬしは床に臥（ふ）し、月代でも伸ばしておけ」

「月代を、なにゆえに」

「なにゆえか、いずれ手の者に説かせよう」

「手の者とは、公人朝夕人（くにんちょうじゃくにん）でござりますか」

「そうじゃ」

「理由（わけ）もなく月代を伸ばせと仰られても。だいいち、家人が黙っておりませぬ」

「志乃どのか。なるほど、身だしなみにはうるさそうじゃのう。されど、わしに良い考えがある。よいか、しかと命じたぞ。今は毒味御用より、消えた婀娜金の行方を追うことが先決じゃ」

三千両といえば大金である。吉原の会所からは早々に新たな三千両を工面し、きちんと冥加金を納めるとの申し出があったらしいが、幕府としても放置はできない。

「かといって、勘定方に任せておけば、同じことの繰りかえしにならぬともかぎらぬ。悪所の楼主どもから莫迦にされるのも癪に障るしな。なによりも、御上の面目が掛かっておるのじゃ。の、わかったら去ね」

蔵人介は無言でかしこまり、御用之間をあとにした。

四

矢背家の屋敷は、浄瑠璃坂を登りきったさきの御納戸町にある。

百坪そこその平屋には、養母の志乃、妻の幸恵、八つになった一粒種の鐡太郎、居候の望月宗次郎、下男の吾助に女中頭のおせき、女中奉公の町娘がふたり、用人の串部、蔵人介自身もふくめて十人が暮らしている。

旗本とはいっても家禄は低く、商人から賄賂が届けられるわけでもない。

数日後、そんな貧乏旗本のもとへ、米俵が荷車で運ばれてきた。

「これはいったい、どうしたことでしょう。幸恵さん、ねえ、幸恵さん」

志乃の上擦った声が、襖越しに聞こえてくる。

蔵人介は食あたりを訴え、病床に臥したままだ。

厠以外に部屋から一歩も出ず、口にできるのは一日二杯の粥だけ、腹が減りすぎて起きる気力もわいてこない。

月代もむさ苦しく伸びはじめたころ、狙ったように米俵が登場した。

女たちが喜ばぬわけがない。

廊下を渡る幸恵の跫音が聞こえてきた。

「まあ、お義母さま、お米ですね」

「十俵もありますよ」

「天からの授かりものですか」

「何を仰います。御小姓組番頭の橘右近さまからですよ」

「橘さまといえば、浅からぬ因縁のお方。お義母さまをお見初めになったお方と、以前に伺ったような」

「ええ、まあね。養子になってもいっしょになりたいなどと、若気のいたりで戯言をのたまった御仁ですよ。かれこれ、四十年ほどまえのおはなしですけど、ほほほ」

「そのおはなしと頂き物と、何か関わりが」

「さあ、どうかしらねえ」

「宛先をあやまってしまわれたとか」

「たしかに、耄碌なされたのかもしれませんねえ」

「どういたします」

「ありがたく、頂戴しておきましょう」

「うふふ、さすがはお義母さま」

「でも、お返しが大変ねえ」

「日本橋の献残屋を眺めてまわれば、何か気の利いたものがお安く手にはいるかもしれませんよ」

「そうねえ、献残屋にお品がなければ、『塩瀬』のお饅頭か『山本屋』の海苔にでもいたしましょうか」

「『にんべん』の鰹節という手もございます」

「ともかく、日本橋まで参りましょう」

ふたりはいそいそと身仕度を済ませ、ひとことも告げずに出掛けてしまった。

矢背家の正統な継承者である志乃は、芯の強い女人である。ひとかどの茶人でもあり、弟子たちには「お師匠さま」と呼ばれ、ひとたび茶筅を薙刀に替えれば名人の域にあった。雄藩の奥向きで武術を指南していたというだけあって、未だに薙刀の稽古は欠かさない。長押の槍掛けには、矢背家伝来の「鬼斬り国綱」が掛かっていた。

一方、妻の幸恵は嫁いできた当初、色白のふっくらしたおとなしい娘だった。淑やかな妻を装い、健気な嫁を演じつづけていたのだ。ところが、鐵太郎が五歳で袴着の儀を済ませた途端、姑の志乃にもずけずけとものを言うようになった。

そもそも、曲がった道も四角に歩く徒目付の家に生まれた娘であった。忠義一筋の父には「白無垢は死に装束と心得よ。他家へ嫁いだ以上、親の死に目にも戻ってはならぬ」と告げられた。家庭は安息の場ではなく、戦場とすら考えている。

「ふん、おもしろくもない」

五分月代で眸子を窪ませている身が、みじめに感じられてならなかった。

おせきの作ってくれた粥を啜り、蔵人介は久しぶりに面打ちをはじめた。

酒と夜釣りをのぞけば、唯一の嗜みといっていい。

人を斬るたびに、狂言面を打ってきた。

経を念誦しながら、鑿の一打一打に悔恨と慚愧の念を込め、木曾檜の表面を荒く削る。面打ちは殺めた者たちへの追悼供養、罪業を浄化する儀式にほかならぬ。

——幕臣どもの悪事不正を一刀のもとに断て。

亡き養父の遺言が、今も耳に聞こえてくる。

暗殺御用に疑念を抱きつつも、蔵人介は刃を振るうてきた。

現世との腐れ縁を一撃のもとに断ち、佞臣を涅槃の彼方へ葬送してやる。

人をひとり斬るごとに、おのれの罪は増えていった。

それでも、悪党は斬らねばならぬ。

「いずれ、我が身も腐れた屍骸となる身」

そのときが来れば、おのれの罪深い所業も浄化されるにちがいない。

涅槃への帰依、極楽往生を念じながら、一心不乱に面を打ちつづけるのだ。

狂言面のなかでも人よりは鬼、神仏よりは鬼畜、鳥獣狐狸のたぐいを好んで打つ。

削った面には鑢をかけ、漆を塗って艶を出し、面裏に「侏儒」という号を焼きつける。

侏儒とは取るに足らぬもの、おのれ自身のことだ。

面はおのが分身、心に潜む悪鬼の乗りうつった憑代なのである。

「おや」

蔵人介は人の気配を察し、鑿を打つ手を止めた。

廊下に出てみると、涼しげな風が吹いている。

今日は朝から雨も降らず、何日かぶりで穏やかな日和となった。

空には鱗雲が貼りつき、庭には初秋を彩る花々が咲いていた。

露草に蓼の花、弟切草に松虫草、紅白の芙蓉に鳳仙花、淡い紅色の秋海棠も咲きはじめている。

そうした花々をぼんやり眺めていると、塀の隅に人影が過ぎった。

「誰だ」

呼び掛けるまでもなく、眼前に野良着姿の男があらわれた。

公人朝夕人、土田伝右衛門である。

「やはり、おぬしか」

「お久しぶりにござります」

「ふん、疫病神め」

公方が尿意を告げたとき、公人朝夕人は一物を摘んで竹の尿筒をあてがう。

それが表の役目だが、いざというときには公方を守る最強の楯(たて)となった。

十人扶持(ぶち)の軽輩(けいはい)にすぎぬものの、伝右衛門は武芸百般に通暁(つうぎょう)している。

公方の近習でも、橘右近以外にそのことを知る者はいない。

——公人朝夕人には近づくな。

と、養父から忠告されたこともある。

いずれにしろ、得体(えたい)の知れぬ男であることにかわりはない。

すでに橘の命で何件か、ともに役目を果たしてきた。

串部のように情ではつきあえぬ。しかし、無情に徹する生きざまが、かえって潔いと感じるときもあった。

気づかぬうちに、信頼が芽生えつつあるのか。

それと察しつつも、口には出さずにいる。

下手をすれば、橘の子飼いにされかねぬ。

それだけは、御免蒙(こうむ)りたいからだ。

「くふふ」

伝右衛門は、気色(きしょく)の悪い笑みを洩らした。

「大奥さまと奥方さまがふたり仲良くお出掛けとは、めずらしいこともありますなあ。これも米俵の効用、おなごはなにしろ食い物に弱いと、橘さまは笑っておられました」

「ふん、いらぬことをしおって」

「ほっ、毎度ながら手厳しい」

「用件を申せ」

「月代も伸びてまいったことですし、今からごいっしょ願います」

「今から、どこへ」

「ま、これを身に着け、従いてこられませ」

蔵人介は薄汚れた古着に着替え、大小を腰に差した。

どこから眺めても、うらぶれた浪人者にしか見えない。

「くく、面打ちよりも、楊枝削りのほうがお似合いですな」

「なんだと、この」

「おっと、ご近所の目もござる。さ、編笠もどうぞ」

蔵人介は深編笠をかぶり、裏口からそっと外に出た。

野良着姿の百姓に導かれ、編笠浪人が足早に横道を歩いていく。

気に掛ける者など、誰ひとりいなかった。

五

公人朝夕人に連れてこられたところは、蔵前の口入屋だった。

ただし、表向きは口入屋の体裁を取っておらず、冠木門には『斬心館』という看板が掲げられていた。

道場なのだ。

板の間は異様な熱気に包まれている。

集まった連中はみな、餓えた野良犬どもだ。

「金を貰えれば人殺しでもなんでもやる。そんな目をした連中でござるよ。月代を伸ばした理由が、これでおわかりになられたか。鬼役どのも、連中の仲間になってもらいます。くく」

月代を剃った者など、ひとりもいない。

みな、食い詰めた浪人たちだ。

公人朝夕人は薄く笑い、囁きかけてきた。

「偽名を使われたほうがよいかも。尾州浪人、菊岡作兵衛というのはいかがか」

「いかがも何も、こたえようがないわ」

「では、それでようございますな、作兵衛どの」

浪人どもは二手に分かれ、木刀による申しあいをやっていた。

軸の掛かった床の間を背にしつつ、偉そうに指図している勇み肌の連中がいる。

「やつらは」

「四郎兵衛会所の強面ども」

吉原の大門を守る廓の番人たちだ。

「勇み肌のほかに、浪人風体の男たちがおりますな。あれは会所に雇われた防の連中です」

「防」

「はい。まんなかに座る目つきの鋭い男、あれが頭目の岩戸重四郎でござる」

心形刀流の練達として、名の知れた剣客らしい。

「隣に控える巨漢は副頭目の服部六兵衛、管槍の名人と聞いております。ふたりの眼鏡にかなわねば、防の仲間には入れてもらえませぬ」

「わしに防の仲間になれと」

「ふっ、お連れした理由がほかにありますか」

「なぜだ」

「婀娜金の移送には、防の者も助力いたします。ただし、移送の日取りと経路は極秘、岩戸と服部以外に知る者はおらなんだはず。強奪の一件について、橘さまは防のなかに内通者がいると読んでおられます」

「それを探れと」

「はい」

「なぜ、おぬしがやらぬ」

「拙者の役目はあくまでも水先案内。鬼役どののお役目は死地に潜りこむことにござります。そのあたりを、きちんとわきまえていただかねば」

「ちっ」

「探るだけではありませぬぞ。奪われた婀娜金を取りもどし、悪党を根こそぎ葬っていただかねばなりませぬ」

「無理を申すな」

「強奪の一件では、吉原も大いに面目を失いました。ゆえに、近々、沽券に懸けて新たに三千両の移送がおこなわれるとの噂が」

「それは、橘さまに聞いた」

「おそらく、移送の噂を巧みに流し、罠(わな)を張るつもりなのでしょう」

「わざと襲わせる気か」

「襲わせておいて、一気に敵を叩く。その指揮を任されておるのが、岩戸重四郎なのでござります」

先回は岩戸も服部も随伴(ずいばん)しなかった。舐めてかかったがゆえに、多くの手下を失い、大金を奪われたのだ。

「こたびは失態が許されませぬ。それゆえ、こうして腕っこきを掻きあつめようとしているのでござる」

「なるほど」

「移送の日取りはわかりませぬが、さほどときを空けぬはず。ともかく、鬼役どのには防の端に加わるべく、腕前を存分に披露していただかねばなりませぬ」

雇われた浪人には破格の報酬が約束される。

そのため、道場の外にまで列ができていた。

が、一見したところ、使いものにならぬ者ばかりだ。

希望者はまず二組に分かれ、ふたりずつ木刀にて立ちあう。三人勝ち抜いたのち、別の組を勝ち抜いた相手と立ちあい、これに勝利したのち、ようやく防の者と闘う

きい。

服部六兵衛に勝てば文句なしに雇われ、五分に渡りあっても採用される公算は大

防の者とは、短い管槍を使う副頭目のことだ。

権利を得られるらしい。

ただし、この五日間で雇われた者はひとりもいなかった。

いずれにしろ、服部と対峙するまでに四人と勝負しなければならない。

体力の要るはなしだ。

「おぬしはどうする」

「高みの見物としゃれこみましょう。さ、鬼役どの、お行きなされ。勝負ははじまっておりますぞ」

「ふん、いい気なものだ」

ばきっ、ぼきっと骨の折れる鈍い音が聞こえ、悲鳴や呻きが錯綜する。

木刀での勝負は厳しい。打ち所が悪ければ大怪我をしかねない。

道場に集まっているのは、それだけの覚悟ができている者たちだ。

年甲斐もなく、血が騒ぎだす。

「よし、つぎ」

防の者に呼ばれ、蔵人介は立ちあがった。

蛤刃（はまぐりば）の木刀を手渡され、ぶんと素振りしてみせる。

「ご姓名を」

一瞬、戸惑った。

「尾州浪人、菊岡作兵衛」

相手も呼応して名乗りあげ、肩を怒らせながら間合いを詰めてくる。

蔵人介同様、薹（とう）の立った男だ。うらぶれ方が尋常ではない。

今日生きのびるための糧（かて）を求め、必死に木刀を握っている。

「哀れな」

同情を禁じ得なかった。

男は蔵人介に打ちこまれた途端、路頭に迷うしかないのだ。

しかし、ここはひとつ、心を鬼にするしかあるまい。

男が勝ち残る見込みは、万にひとつもなかろう。

「いやっ」

ためらいを破る一撃が、真正面から襲いかかってきた。

男は木刀の先端をそそりたて、頭から突っ込んでくる。

蔵人介は半歩下がって躱(かわ)し、男の肋骨(あばら)を叩いた。

「ぬぐっ」

野良犬は蹲(うずくま)り、息もできない。

骨に罅(ひび)がはいった程度だろう。

真剣ならば、心(しん)ノ臓(ぞう)を裂いている。

「勝負あり」

防の者が叫び、負けた男はとぼとぼ去った。

喋る者とておらず、みな、食い入るように勝負を見つめている。

つぎは自分と闘うかもしれぬ相手の弱点を見つけだそうと、誰もが必死なのだ。

二回戦、三回戦と順調に段階を踏み、蔵人介は別の組で勝ちあがってきた相手と対峙することになった。

すでに日も暮れかかり、多くの者が道場から去っている。

熱気は薄まり、湿気と汗臭さが板の間を覆っていた。

気づいてみれば、公人朝夕人のすがたも消えてしまった。

仕舞いまで見届ける必要がないと感じたのか、それとも、防の者たちに怪しまれたくないとおもったのか、毎度ながら、つかみどころのない逃げ水のような男だ。

「いざ、まいらせい」

蔵人介は四度目となる木刀を握った。

青眼に構えた相手は、存外に若い。

「津軽浪人、杉田文悟」

と、名乗りあげた。

二十歳そこそこで、本州の北端から江戸へ出てきたのだ。

流派は梶派一刀流、ならびに、津軽卜傳流を修めているという。

故郷を捨てねばならぬ格別の事情でもあったのか。

さすがに、三人抜きをやっただけのことはあり、腰つきはしっかりしている。

ほかの連中とちがって、安易に金を稼ごうとする強欲さも感じられない。

杉田は気合いも発せず、するすると間合いを詰めた。

「ふん」

水平斬りを繰りだすと、とんと床を蹴りあげる。

「お、牛若か」

予想だにしない跳躍に面食らう。

刹那、上段の一撃が襲いかかってきた。

「ぬふぉっ」

すんでのところで弾き、逆しまに突きを見舞う。

避けられた。

かなりできる。

ぶるっと、からだが震えた。

武者震いだ。

しかし、如何せん、経験が足りぬ。

必死に生き抜こうとする執着が感じられない。

つまりは、迫力に欠ける。石に齧りついてでも勝つのだという気概が足りない。

真剣での勝負において、負けは死を意味する。勝ちは人斬りになることを意味する。

どちらに転んでも、辛い。板の間でどれだけ稽古をかさねても、この辛さだけはわからぬ。辛さのわからぬ者は、勝負の厳しさもわからぬ。人生の年輪をかさねた相手に歯が立つわけがない。

「しぇい」

杉田は踏みこみも鋭く、華麗な袈裟懸けを仕掛けてくる。

蔵人介は一合交えて退き、だらりと両腕をさげた。

無防備に前胴を晒し、相手を懐中に誘いこむ。

「お覚悟」

杉田はためらいもみせず、中段から突きかかってきた。

「へやっ」

蔵人介は上からかぶせるように押さえつけ、蛤刃をすっと滑らせた。

滑った木刀の先端が、相手の小手裏を狙う。

「うくっ」

真剣ならば、脈を断ったところだ。

杉田は蛤刃をひっくり返し、強引に撥ねあげた。

「甘い」

巧みに力を逸らすや、杉田の木刀は空を斬った。

蔵人介はぴたりと身を寄せ、柄頭で相手の下顎をせぐりあげた。

不意打ちである。

小手裏狙いといい、柄砕きといい、実戦を旨とする介者剣術の技であった。

勝つということの厳しさを、若者に教えたくなったのかもしれない。

杉田は気を失い、板間に伸びてしまった。

勇み肌の連中が、担いで外へ運びだす。

ぱちぱちと、拍手が響いた。

「お見事」

重厚な声の主は防の頭目、岩戸重四郎である。

「菊岡どのと申されたか。いや、よくぞ勝ち抜かれた。と申すより、貴公の力量は群を抜いておった。本来なれば、これに控える服部六兵衛と立ちあっていただくところだが、その必要もござらぬ」

「雇ってもらえるのか」

「こちらから、お願い申す。なにせ、この五日でようやくそこもとがひとり目、太平の世の中で正真正銘の剣客を見つけだすのは容易なことではござらぬ。まさに、砂のなかから針を拾うがごとし」

そこまで褒められたら、悪い気分はしない。

こうして、蔵人介は防の仲間に加えられた。

——たまご、たまご。

玉子売りが茹で玉子を売りにくる。

六

翌日から、蔵人介の依拠するところは吉原大門の脇になった。

大門をくぐったさきは南北百三十五間（約二四五メートル）におよぶ仲之町、大路のまんなかには月見の宴にそなえて薄や女郎花が隙間なく植えられ、大川の河原さながらである。華やかに着飾った遊女たちは縁台に座り、鼻の下を伸ばす遊客に色香を振りまいていた。

「ここは男の極楽よ。ほら、みてみねえ。ずらりと並んだ引手茶屋の軒先にゃ、花色暖簾と提灯がぶらさがってる。手前左右が江戸町一、二丁目、そのさきが角町に京町一、二丁目で、吉原の誇る五丁町というわけさね」

早口で自慢げに喋る若い衆は、佐吉という消炭だった。

消炭とは廓の雑用をする者のことだが、機転の利く佐吉は四郎兵衛会所の走り使いもやっている。

「おめえさんは尾州の山出し者だかんな、丁のことは知らねえだろう。丁ってのは吉原のことさ。入口がひとつで出口がねえ、空から眺めりゃ丁の字に似ているから丁なのよ。紅殻格子の総籬を覗いてみな。張見世の生き菩薩たちが朱羅宇の長煙管を逆手に握り、ぷかあぷかあと燻らせているぜ。みんな、お高くとまってなあ、素見客にゃ見向きもしねえ。どん百姓の家から買われてきたってのによう。忘八のやつに手練手管を仕込まれ、ああなっちまうのさ」

吉原の遊女は、禿も入れて二千人を超える。

佐吉は辻講釈よろしく、滔々と喋りつづけた。

「花魁の道中がみてえのかい。そりゃそうだろうぜ、吉原の華は花魁だかんな。灯ともしごろになったら、見物しにいくといい。箱提灯に導かれ、対の禿や新造が華やかにご登場する。それから、目も醒めるような厚化粧の花魁が六寸の高下駄を引きずって練りあるいてくるのさ」

身に纏うのは芙蓉や木槿を描いた菩薩の打掛け、繻子帯を胸前で大きく結び、立兵庫に結った黒髪には鼈甲の櫛笄を満艦飾に挿している。

「絢爛豪華たあ、まさにこのことだ」

蔵人介は、ほとんど聞いていない。

泣く子も黙る四郎兵衛会所には、強面の連中がひしめいている。

みなの目は冷たい。ことに、副頭目の服部六兵衛は警戒を解こうとしなかった。信用されていないのだ。無理もなかろう。どこの馬の骨ともわからぬ相手を安易に信用したら、自分の命が危うくなる。

連中の目をかいくぐり、串部と連絡が取りたかった。

神尾徹之進の行方を追わせている。

むかしの記憶をたどって、似顔絵まで描いてやった。

年を食って老けたであろうが、右頬にある大きな痣(あざ)だけは隠せまい。

家の様子も訊きたかった。志乃と幸恵には「養生のため、湯治場(とうじば)に出掛ける」と嘘を吐いてきたのだ。

幸い、疑われることもなかった。その場に立ちあった串部が「土産に温泉を持ちかえらせましょう」などと、調子の良いことを吐いたからだ。

志乃も幸恵もたいそう喜んだが、蔵人介は空手形(からてがた)になることを案じた。

串部に責めを負わせねばなるまい。

蔵人介は、やおら立ちあがった。

「おっと、旦那、どこへ行きなさる」

「厠だ」

「へへ、行ってらっしゃい」

　ほっとしながら、裏手の暗がりへ踏みこんだ。

　塀の端から、つっと袖を引かれる。

「殿、こちらへ」

　串部だ。

　髪を鬢(びん)つけ油で黒々とてからせ、商人に化けていた。

「羅生門(らしょうもん)河岸まで、ごいっしょ願えませんか」

「どうした」

「じつは、神尾徹之進どのと関わりの深い遊女をみつけました。殿なら、ご存じかもしれぬと」

「名は」

「おみき」

「ん、まさか」

「さよう、ご朋輩(ほうばい)には妹御がひとりおりましたな。その名が美紀(みき)」

「ともかく、行ってみよう」

「では、拙者はひと足おさきに。九郎助稲荷の裏手で待っておりますよ」

「ふむ」

縁結びにご利益があるという九郎助稲荷は、京町二丁目の南端にある。

蔵人介は尾行を警戒しながら横町へ逸れ、臭気を放つ鉄漿どぶに向かった。

黒板塀に阻まれたどぶの内側は河岸と呼ばれるどん詰まり、遊女がたった五十文で春をひさぐ長屋造りの切見世が並んでいる。なかでも東河岸は、病気持ちの女郎が客を摑まえて放さぬところから、羅生門河岸と名付けられていた。

九郎助稲荷の裏手に廻ると、串部がつっと近づいてきた。

「尾けられませんでしたか」

「ああ、たぶんな」

「抱え主は、おかつという因業婆でござる。ほら、あれに、千客万来と書かれた掛行灯がござりましょう」

串部の指差すさきに、なるほど、掛行灯がみえた。

ひと部屋の間口は四尺五寸（約一・四メートル）、二尺（約六一センチ）は入口で二尺五寸（約七六センチ）は羽目板。開け放ちの無双窓から内を覗けば、たった二畳のささくれだった畳のうえで、男と女が縺れあっている。

羅生門河岸は零落(れいらく)した女郎(じょろう)の吹きだまり、最後の稼ぎ場なのだ。

「もうすぐ線香一本ぶん、男が事を済ませて出てきますよ」

薄暗がりから出てきたのは、男ではなく、女のほうだった。

化粧の剝(は)げた顔で左右をきょろきょろ見廻し、裾(すそ)を捲(めく)ってどぶ板のうえに屈(かが)みこむや、しゃっと勢い良く放尿しはじめる。

「殿、あの女でござる」

「ふむ」

蔵人介は、食い入るようにみつめた。

まちがいない。神尾徹之進の妹だ。

十数年まえに逢ったときは、まだ十二、三の娘だった。

見る影もなく窶(やつ)れてしまったが、面影はちゃんとのこっている。

「切ないな」

「殿、気落ちなされますな」

「ああ」

「美紀どのは五年前、吉原へ売られてきたのだとか」

遊女の盛りは過ぎていたが、武家出身との触れこみで当初は五丁町の大籬(おおまがき)へ引きとられた。ところが、ほどなくして消炭に口説かれ、なかば強引に廓の外へ連れ出されたものの、四郎兵衛会所の連中に捕まってしまった。不運にも、美紀は足抜女郎にされたのだ。

消炭は会所の法度にしたがって右腕と右目を奪われ、美紀は額に「犬」の烙印を押されたうえで羅生門河岸に捨てられた。

「額の烙印は化粧で隠せる。稼ぐぶんには支障がないというわけで」

「悲惨なはなしだな」

「落ちぶれた美紀どののもとへ、月にいちど必ず通ってくる町人風体の男がおりましてな。そやつ、右頬に痣があるのだとか」

「なんだと」

「ご朋輩かもしれませぬぞ」

その男が神尾徹之進なら、甲州勤番を辞してからの生きざまは、美紀に尋ねれば判然とするにちがいない。婀娜金の一件についても、何かわかるかもしれなかった。

だが、蔵人介には声を掛ける勇気が出ない。

「串部、今夜のところは、ひとまず戻ろう」

「拙者はそれとなく、美紀どのを見張っております。何か動きがございましたら、またお声を掛けましょう」

「頼む」

連絡の手段を確認しあい、ふたりはそこで別れた。

美紀は穴蔵のなかで白い四肢を蠢かせ、どこの誰とも知れぬ男をくわえこんでいる。

蔵人介は首を振り、急ぎ足で羅生門河岸を逃れた。

七

大門脇に控えて、三日目の夜を迎えた。

仲之町の煌びやかな情景や、遊女たちの賑やかな嬌声にも馴れた。

佐吉の案内で籬の二階へ揚がり、廓遊びの真似事もさせてもらった。最高位の花魁に酌をさせ、柚子風味の掬い豆腐に舌鼓を打ち、仕出しの『喜の字屋』が運んでくる、やたら高いだけの食べ物も食してみた。

佐吉は重宝な男だ。小粒梅を砂糖漬けにした甘露梅の味や『竹村伊勢』の最中の味も教えてもらった。防に関しても詳しく、雇われた連中の素姓などを事細かに教えてくれる。

密偵にぴったりの男だなと、蔵人介はおもった。

おかげで廓内のことにはずいぶん詳しくなったが、羅生門河岸にだけは踏みこむ勇気がもてない。

串部からの連絡も途絶えていた。

神尾とおぼしき痣の男は、すがたをみせていないのだろう。

亥ノ刻(午後十時)を過ぎたころ、江戸町二丁目の『玉屋』から至急の呼出しがかかった。

「揉め事だ。菊岡、従いてこい」

副頭目の服部に命じられ、蔵人介は大小を腰に帯びた。

管槍を提げた服部は、水を得た魚のように生き生きとしている。

肩で風を切って仲之町を進み、ほどなく、玉屋の正面にたどりついた。

佐吉によれば、玉屋八郎右衛門は吉原五丁町の肝煎りをつとめているという。

婀娜金を集める重責を帯び、千両箱の鍵を預けられた人物でもあった。

すでに、紅殻格子のまえには大勢の人集りができている。

「退け、防の者じゃ」

服部が巨体を押しだすと、人垣は左右に分かれた。

入口の妓夫に目配せし、さっそく簾をくぐる。

土間には米俵や酒樽が散乱し、天井から吊るされた八間もずたずたにされていた。

新造や禿たちは大広間の端っこで震え、見世の金看板である花魁たちは左手隅の内証に隠れている。内証には金精神を祀る縁起棚や帳場箪笥がしつらえられ、客取表や大福帳などがぶらさがっていた。

撫牛なみに肥えた女将も、蒼白な顔で震えている。

鬢に霜のまじった八郎右衛門が、眸子を逆吊らせてあらわれた。

さすがに肝煎りだけあって、恰幅が良い。

「服部の旦那、遅いじゃありませんか。連中は二階に籠城しちまいましたよ」

「何人いる」

「三人。水戸の浅黄裏ですよ」

「浅黄裏か」

着物の裏地がみな浅黄木綿であることからつけられた蔑称だ。狼藉をはたらいているのは水戸藩の勤番侍で、廓の作法も知らぬ田舎侍どもらしい。二階座敷に上がり、花魁から莫迦にされたと騒ぎたてたが、遊び金を只にさせたい下心がみえみえだった。

事を穏便に済ませるべく、八郎右衛門はいったん金を取らずに追っぱらおうとした。

「ところが、表口で大小をお戻しした途端、連中は踵を返してきた」

楼主が土下座して謝るまでは帰らぬと言いはり、常葉という花魁を人質に取ったのだ。

常葉は客に一日五十両を貢がせる玉屋の稼ぎ頭、御職。八郎右衛門はなんとしてでも無事に取り戻したい。

そこで、防の出番となった。

「こういうときのために居てもらっているのだから、頼みますよ」

「ふん」

服部は面倒臭そうに鼻を鳴らす。

この男がすがたをみせるだけで、相手は肝を縮めるにちがいない。

奥まったあたりから大階段を登ると、右手の小部屋から遣手婆が顔を出した。

「あっちですよ、あっち」

指差したさきの廊下では、見世の若い連中が手をこまねいている。

服部のすがたをみつけ、誰もがみな、一様に安堵の溜息を吐いた。

「菊岡、わしにつづけ」

「は」

廊下を進んで八畳部屋のなかを覗くと、人質の花魁が死人のようにぐったりしていた。

浅黄裏の三人は抜刀したまま、塗りの大杯で冷や酒を呷っている。

まるで、旗本奴か無頼漢のようだ。酒癖の悪い連中なのだろう。

服部を目敏くみつけ、鬢の長い男が吼えた。

「おほっ、飼い犬のご登場か。恐ろしい面をしよって。ふん、どうする気だ。わしらを斬りにきたのか」

服部は黙って鴨居をくぐり、管槍をしゅっとしごきあげる。

勤番ふたりは怖じ気づいたが、さきほどから喋っている男だけは強がりを吐いた。

「やってみろ、われらは御三家の直参ぞ」

「それがどうした。侍の悪所通いは法度に触れる。水戸だろうが御三家だろうが、遠慮はせぬぞ」

「なんだと」

「ひとたび廓の敷居をまたげば、身分の上下はない。要は、金をもっているかどうか。ここはな、うぬらのごとき貧乏侍の来るところではないのだ」

「くそっ、言わせておけば……花魁を斬ってやる」

「やめておけ、後悔するぞ。うぬらは容易には死なせぬ。引っ捕らえ、まずは指の一本から落とす。手足の指がぜんぶなくなったら、つぎは耳と鼻を殺ぎ、目玉を刳り貫き、四肢を斬る。早く死なせてほしいと、泣いて拝んでも許さぬぞ。もっとも、助かる道はなくもない。花魁を放せば、無傷で帰してやる」

「嘘を吐くな」

「武士に二言はない」

「まことか」

「ああ」

「よし、槍を捨てろ」

服部は、言われたとおりにした。

「腰の大小も抜け。そっちの痩せた野郎もだ。大小を抛れ、早くしろ。それと交換に、花魁を放してやる」

命じられたとおり、大小を抛ってやった。

「ほれよ」

花魁は半裸の恰好で立たされ、どんと尻を蹴られた。

足を縺(もつ)れさせ、前のめりに転んでしまう。

これを服部が抱きおこし、脇へ退かせた。

三人の暴漢どもは刃を鞘(さや)に納め、大股で歩みよってきた。

「けっ、廓の犬め」

擦(す)れちがいざま、鬢の長い男が唾を吐く。

服部は素早く、男の首根っこを押さえた。

有無をいわせず、首を捻(ひね)る。

ぐきっ、と鈍い音がした。

「こやつ、何をするか」

別のひとりが抜刀し、服部の背中に斬りかかった。

刹那(せつな)、蔵人介が影のように迫った。

勤番侍の腰にあった小刀を抜き、やにわに肩を斬り落とす。

「ふん」

大刀を握った右腕が、ぼそっと畳に落ちた。

「ぎゃあああ」

男の悲鳴と花魁の悲鳴が重なった。

輪切りになった肩口から、鮮血が噴きだしている。

「ひぇっ」

のこったひとりは、廊下を這うように逃げだした。

が、若い衆に捕まり、階段の下へ蹴り落とされる。

三和土のところでは、防の連中が待ち構えていた。

「ほら、来い」

哀れな男は両脚をつかまれ、外の暗闇に引きずられてゆく。

「ぐひぇええ」

羅生門河岸の方角から、耳をふさぎたくなるような悲鳴が聞こえてきた。

「ここは御上の手がおよばぬ廓内。阿呆な山出し侍をどうしようと、われらは罪に問われぬ」

服部はうそぶき、管槍を拾いあげる。

首の骨を折られた遺骸も、右腕を落とされた男も、外へ担ぎだされていった。

服部は胸を反らし、意気揚々と大階段を降りてゆく。

「さすがのお手並み、ごくろうさまでござりました」

八郎右衛門が嬉々として喋りかけてきた。

「肝煎りどの、畳を血で汚した。申し訳ない」

「何の。常葉さえ助かれば文句はござりませぬ」

手代が独楽鼠のように近づき、服部の袖に小判をねじこむ。

「すまぬな、いつも」

「なあに、服部さまはじめ、防のみなさまのおかげで、手前どもは枕を高くして寝られます。ところで、そちらの旦那は」

「菊岡作兵衛どのだ。腕は立つぞ」

「拝見しておりましたよ。凄まじい抜刀術ですな。服部さまの管槍と、ふふ、どちらがお強いのやら」

「ま、やってみなければわかるまい」

服部は不敵な笑みを浮かべつつも、警戒を解いていた。

なにせ、蔵人介は命の恩人なのだ。

外に出ると、月が煌々と輝いている。

「もうすぐ、待宵だな」

ぼそっと、服部が洩らした。

「先日は不覚をとったが、同じ轍を踏むわけにはいかぬ。菊岡氏、貴公にも手伝ってもらわねばなるまい」

「いったい、なんのはなしでしょうな」

「ふふ、今にわかる」

四郎兵衛会所に戻ると、佐吉に満面の笑みで迎えられた。

「ご活躍を伺いましたよ。水戸藩士の右腕をぶった斬ったそうで。旦那も見掛けによらず、やりやすねえ」

服部に鬱陶しがられても、佐吉は怯まない。

「そういや、新入りが待っておりやすよ」

と、耳もとに囁いた。

「ほら、あちら」

若侍にぺこりと頭をさげられ、蔵人介は驚いた。

「おぬしは」

斬心館で立ちあった杉田文悟である。

「その節はどうも。拙者も雇っていただきました」

「ふうん、そいつはよかったな」

「よろしく、お願いいたします」

人懐(なつ)っこい顔で言われ、蔵人介は面食らった。

八

葉月待宵。

町木戸の閉まる刻限は近づいている。

夜空に流れる群雲(むらくも)が月を隠すと、周囲は漆黒(しっこく)の闇に沈んだ。

佐吉は吉原を丁の字に喩(たと)え、出入口は大門ひとつきりしかないと言ったが、じつは、ごく少数の者しか知らぬ抜け裏があった。

「西河岸(にし)のどんつき、開運(かいうん)稲荷の裏手だ。亥ノ刻までに来てくれ」

服部に命じられ、蔵人介は開運稲荷の手前までやってきた。

大仕事が待っていることは、容易に想像できる。

防の誰が呼ばれているのか、それはわからない。

各々、服部から秘かに申しわたされている様子だった。

すだく虫の音を聞きながら待っていると、稲荷の陰から声が掛かった。

「菊岡どの」

瓜実顔(うりざね)の主は、杉田文悟だ。

「やはり、来られるとおもっておりましたよ」

「そなたもか」

「ええ、服部さんに命じられましてね。何をやらされるとおもいます」

「さあな」

「大仕事でござるよ。古株(ふるかぶ)の方に伺いました。なんでも水無月晦日の晩、浅草の菊屋橋にて吉原の冥加金を載せた荷車が襲われたのだとか。防の者が何人か死に、大金は奪われてしまいました。奪った相手の正体は今もわからず、古株の方々はみな、戦々兢々(せんせんきょうきょう)としておるようで。たぶん、わたしたちは今宵、新たな冥加金を運ぶために呼ばれたのではないかと」

「余計な詮索はせぬことだ。命じられたとおりに動けばよい」

「ふふ、菊岡どのは真面目なお方だ。冥加金がいくらかわかりますか」

「さあな」

「三千両でござる。それだけあれば、ふふ、一生遊んで暮らせますよ」

「ほう、おぬしは一生遊んで暮らしたいのか」

「無論でござる。人生は短い。誰かにこきつかわれて終わるのも、あくせく働いて死んでいくのも虚しいじゃありませんか。されど、まことにできるかと問われたら、なかなかに難しい。三千両を奪うには、大勢の人を斬らねばなりません」

「金を奪う気なら、まず、わしを斬るんだな」

「怖い怖い。やめておきますよ」

「それにしても、誰も来ぬな。もうすぐ亥ノ刻であろう」

と、そのとき。

板の軋む音が聞こえ、なんの変哲もない黒板塀の一部に穴が開いた。

穴の向こうから、管槍の穂先とともに、服部の恐ろしげな顔があらわれた。

「何をしておる。こっちだ」

怒鳴りつけられ、そちらに向かう。

だが、鉄漿どぶが行く手を阻んでいる。

服部は細長い板を倒し、橋にしてくれた。

「渡ってこい、急げ」

言われたとおりに橋を渡り、穴の向こうに抜けた。

塀の反対側では、三人の浪人が待ちかまえている。
いずれも、防では古株の腕利きどもだ。
かたわらに、一台の荷車をみつけた。
木箱が何個か積まれ、莚で覆って縛られている。
千両箱ではなく、五百両入りの木箱だった。
中身は婀娜金三千両にちがいない。
車夫は四人、いずれも手拭いで頰被りしている。
防の者は服部を筆頭に六人なので、ぜんぶで十人が集まっていた。
みな、緊張した面持ちだ。
「服部どの、頭目はどうなされた」
防のひとりが口を開いた。
「余計なことは訊くな」
服部が釘を刺す。
誰かを待っているらしい。
暗い畑のなかに、一本道が通っていた。
「あの道を進めば、すぐそこがお酉さまでござりますね」

杉田が物知り顔で言った。

お西さまで有名な鷲大明神は、日蓮宗長国寺の境内にある。

長国寺からさきは、下谷から不忍池に向かうのではないかと想像はできたが、
細かい経路は判然としない。

少なくとも、暴漢に襲われた前回のように、日本堤から浅草寺の南へ進み、門跡前から菊屋橋を渡る経路とはちがう。

防で経路を知るのは、服部だけのようだった。

「連中は経路を知っておる」

服部は、畑の一本道に顎をしゃくった。

眸子を皿のようにして眺めると、灯火がひとつ遠くに揺れた。

やがて、人の輪郭がはっきりしてきた。

捕り方装束に身を固めた役人たちだ。

五人いる。

中央のひとりは塗りの陣笠をかぶり、偉そうに胸を張って近づいてくる。

服部は身じろぎもしない。

「公儀勘定方組頭、八代玄蕃、御用金移送の御用におもむいた。そなたが服部六兵

衛どのか」

「いかにも」

「肝煎りの玉屋はいかがした」

「荷の鍵を掛け、早々に立ちさりましたが」

「ふん、大物ぶりおって」

「大物の見送りが欲しいのでござるか」

「いらぬわ」

「されば、符丁(ふちょう)をお見せ願おう。おたがい、面識のない身にござる」

「よし」

ふたりは歩みより、懐中から絵図面を取りだしてつきあわせた。

「確認いたした。では、まいりましょう」

「いや、待て。移送の指揮はこの八代が執(と)る。わしの配下は荷の左側、おぬしたちには右側を守ってもらう」

「かしこまった」

服部はつまらなそうに吐きすて、車夫に荷車を牽(ひ)かせた。

「よし、出立(しゅったつ)じゃ」

勘定方の龕灯を先頭に置き、十五人からなる一団が蠢きだした。

八代は先頭を行き、服部は荷の右側に少し離れて進む。

蔵人介と杉田は肩を並べ、しんがりについた。

「おもったとおり、三千両の御用金でござりますよ」

杉田が身を寄せ、囁きかけてくる。

笑みまで浮かべ、なにやら楽しげだ。

「遊山ではないぞ」

いましめても動じず、また囁く。

「頭目は、どうされたのでしょう」

たしかに、岩戸重四郎の動向は気になるところだ。

荷車の一行は暗い畑のなかを北に進んだ。

「上野の御山の脇を抜ければ、下谷広小路でござる。そのさきは下谷御成道を通って筋違御門、鎌倉河岸から神田橋御門、竹橋御門と抜けて吹上御庭脇の矢来御門へ、さらに西桔橋御門と中之御門のふたつを抜ければ、二ノ丸蓮池の御金蔵にたどりつく」

杉田は唄うように、御用金の移送経路を口ずさんでみせる。

「菊岡どの、わたしが襲う側なら金杉村、畑のなかの一本道で決着をつけるでしょうな」

すなわち、今がもっとも危ないと、杉田は指摘する。

役人たちも同じ考えのようで、誰もが背中を緊張させている。

だが、小半刻(こはんとき)(三十分)ほどは何も起こらなかった。

道幅は三倍ほどに広がり、街道沿いに問屋場(といやば)の灯(あか)りが点々とみえる。

どうやら、杞憂(きゆう)のようだった。

ほっと溜息を吐いたとき、横道から大八車が一台あらわれた。

「止まれい」

先頭の八代が右手をあげ、大刀の柄に手を掛ける。

役人たちも浪人たちも、最初から柄袋を外していた。

大八車は道端に寄り、遠慮するように擦れちがってゆく。

車夫は前後にふたり、莚で覆った大きな荷を積んでいる。

何事もなく去ってくれたので、一同は安堵の息を吐いた。

が、蔵人介はさきほどから、容易ならざる空気を嗅ぎとっている。

「よし、進めい」

八代の号令で、ふたたび、隊列が動きだした。
やや登り勾配なので、車夫たちは四肢に力を込める。
荷車は支えていなければ、勝手に後退してしまうだろう。
こいつは盲点だぞと、蔵人介はおもった。
と、そこへ。
前方右手から、またもや大八車が飛びだしてきた。
さきほどより、勢いがある。
さらに左手からも、三台目が飛びだしてきた。
土塊（つちくれ）を巻きあげながら、こちらに迫ってくるのだ。
「……く、くせものじゃ。荷を守れい」
八代が抜刀するのに合わせ、役人どもは一斉に刀を抜いた。

九

車夫のひとりが悲鳴をあげ、列から離れて走りだす。
「待てい、こら」

服部が管槍をしごき、車夫の背中を深々と突きさした。

「ひぇっ」

のこった三人の車夫は腰を抜かし、地べたにへたりこむ。

と同時に、荷車が後退しはじめた。

「支えろ、支えろ」

蔵人介と杉田が後ろから駆けより、荷車を止めた。

肉薄する大八車から、莚を撥ねのけ、黒頭巾の侍どもが飛びおりてくる。

数は五人、いや、車夫に化けた者もふくめて七人だ。

いずれも抜刀し、喊声（かんせい）とともに斬りかかってくる。

「いやあああ」

前方からだけではない。

「菊岡どの、後ろからも来ますぞ」

杉田が叫び、荷車から手を放した。

重みに耐えかね、蔵人介も手を放す。

荷車はまた、後退しはじめた。

「莫迦者、御用金を守れい」

八代が叫び、役人たちが荷車に齧りつく。

前方の敵には、八代と服部をふくむ六人で応じねばならなくなった。

一方、蔵人介と杉田は、背後の敵に対さねばならない。

「へやああ」

雄叫(おたけ)びをあげて肉薄する敵の数は五人。いずれも黒頭巾で顔を隠しているが、風体から推(お)すと浪人者であろう。防に雇われた連中と変わらない。金を奪おうとする者と、守ろうとする者のちがいがあるだけだ。

敵はぜんぶで十二人、味方は十一人、数は拮抗(きっこう)している。が、荷車を抱えているぶんだけ、こちらが不利であった。

「ぎえっ」

やにわに、防の古株が斬られた。

服部が管槍で応戦し、黒頭巾の胸を貫く。

「すりゃっ」

荷車の周囲は乱戦となった。

蔵人介も、降りかかる火の粉は払わねばならぬ。

「死ね」

斬りかかってきた黒頭巾を、抜き際の一撃で仕留めてみせた。

さらに、二人目を袈裟懸けに斬り、三人目の首を刎ねとばす。

「くっ」

のこったひとりの足が止まった。

蔵人介は先手を取り、鋭く踏みこんで胸を裂く。

瞬きのあいだに、四人が斃れた。

杉田はとみれば、五人目の黒頭巾と火花を散らし、ぐいぐい押しこまれている。

「退け」

蔵人介は助太刀にはいり、相手の脾腹を瞬時に斬り裂いた。

「か、かたじけない」

杉田は息も荒く口走り、血走った目で前方を睨みつける。

ちょうど、服部が管槍を旋回させたところだ。

「ふん」

穂先が鈍く光った。

「ぐはっ」

誰かの背中に突きささる。

「あ」

蔵人介ばかりか、味方の誰もが呆気にとられた。

服部が管槍を刺した相手は、なんと、陣笠をかぶった八代玄蕃にほかならない。

「き……きさま、裏切ったな」

八代は血を吐き、どうっと倒れていった。

服部の寝返りで、一気に形勢不利となった。

味方は浮き足立ち、矢継ぎ早に斬られていく。

管槍が鈍い光を放つたび、断末魔の声が響いた。

「菊岡どの、わたしは逃げます」

杉田は言い捨て、脇の小径に走りこむ。

これを追った敵の背中を斬り、蔵人介は首を捻りかえした。

服部六兵衛がこちらを睨み、手甲についた返り血を舐めてみせる。

すでに、勘定方の役人はみな、血祭りにあげられていた。

「服部どの、わしも仲間に入れてくれ」

懇願する防の古株を、服部は無情にも管槍で串刺しにした。

味方で生きのこったのは蔵人介ただひとり、一方の黒頭巾も数を減らし、のこりはふたりしかいない。

「あやつを討ちとれい」

服部は大声を張りあげた。

黒頭巾ふたりは命じられるがまま、左右から斬りかかってくる。

蔵人介は腰を屈め、ひとりは脾腹を裂き、ひとりは胸乳(むなぢ)を薙(な)ぎあげた。

「ふふ、見事じゃ」

服部が管槍を提(さ)げ、大股で近づいてきた。

「菊岡作兵衛。やはり、おぬしが生きのこったか」

「裏切り者め、三千両に目がくらんだな」

「おぬしも仲間にならぬか」

「なんだと」

「おぬしが斬ったのは、どこの馬の骨とも知れぬ痩(や)せ浪人ども。おかげで、ずいぶん分け前が増えた」

「わしを選んだ理由はそれか」

「ま、そういうことになるな」

「教えてくれ。前回荷車を襲ったのも、おぬしたちだったのか」

「いいや、ちがう。前回の連中がいとも簡単に成功させた手並みを見て、一か八かの賭けに出る気になったのさ」

「なんだと」

「三千両あれば、一生遊んで暮らせる。そのことに気づくのが遅かった」

「外道め」

「ふっ、喋りは仕舞いだ。どうする、仲間になるのか」

「いいや」

「ならば、死んでもらおう」

服部は管槍を頭上で旋回させた。

「覚悟せい」

「できるかな」

「居合は間合いを詰めねば、はなしにならぬ。槍の敵ではないわ」

「甘いぞ」

「まいる。うりゃっ」

服部は鋭く踏みこむや、中段から穂先を突きだしてきた。

鬢を削られる寸前で躱し、国次を抜刀する。

「いえい」

横に払い、穂先を弾いた。

服部は微動だにしない。

ぶんと長柄を旋回させ、穂先を青眼に止めた。

「死ね」

刃風が唸り、乾坤一擲の突きがくる。

蔵人介は何をおもったか、国次を地面に突きたてた。

ぱっと袖をひるがえし、両手で槍のけら首をつかむ。

「力くらべか、よし」

膂力自慢の服部は、凄まじい力で柄を引きよせた。

その瞬間、蔵人介は両手を放す。

「ぬわっ」

服部が仰けぞった。

「そい」

すかさず、蔵人介は小刀を投げつける。

小刀は糸を引き、服部の咽喉に刺さった。

「ぐほっ」

鮮血が尾を曳いた。

刃の先端は野太い首の後ろに突き抜けている。

巨体が仰向けに倒れ、濛々と塵芥が舞いあがった。

気づいてみれば荷車は横転し、木箱が道端に散乱している。

屍骸が累々と転がり、蔵人介以外に立っている者はいない。

だが、殺気を孕んだ人の気配が近くにわだかまっていた。

「誰だ、出てこい」

闇の狭間から、長身の男があらわれた。

「おぬしは……岩戸重四郎」

「いかにも」

「裏切りの元凶は、おぬしか」

「用心棒は気苦労が多くてなあ。そろそろ、手仕舞いにしようとおもっておったのよ。まさか、服部まで失うとはおもわなんだ。ひとりではお宝を運ぶのが難儀じゃ。今いちど訊くが、わしと組まぬか。分け前は半分やる」

「断ると言ったら」

「このようなおいしいはなし、断ると言うのか。濡れ手で粟の千五百両ぞ。逃す手はあるまい。それとも、おぬし、三千両をひとりじめする気か。ま、欲を掻かぬことだ」

「金なぞいらぬ」

「何だと。痩せ浪人風情が世迷い言を吐きおって。金がいらぬと言うなら、何が欲しい」

「鼠の首さ」

「わしとやるのか。おぬしの太刀筋は見切っておるのだぞ。抜刀術の手練にしては、裏小手や柄砕きなぞの汚い技を使うこともな。わしに小細工は通用せぬ」

岩戸はすすっと迫り、左手で鯉口を切った。

「心形刀流も基本は抜合いよ」

居合には居合で挑む肚らしい。

独特の身軽な足捌きは、鶴足と呼ばれるものだ。

足の運びから、太刀筋を察するのが難しい。

双方とも抜かず、鞘の内で勝負をしていた。

「まいるぞ」

岩戸が前傾になり、ぐっと身を寄せてくる。
風圧を感じつつも、蔵人介はたじろがない。
自信満々だけあって、相手はかなりの手練だ。
まともにやりあえば五分と五分、こうなれば一瞬の勝機に賭けるしかない。
岩戸は、すっと身を縮めた。
獣が獲物を目前に捉え、四肢を縮めたかのようだ。
須臾の間、抜かねば斬られる。
「ふりゃっ」
鋭い気合いとともに、岩戸が抜いた。
蔵人介は抜かず、逆しまに身を投げだす。
——柄砕きか。
岩戸は瞬時に察し、笑みすら浮かべた。
「得たり」
柄砕きなら、返し技を用意している。
柄で受け、小手をすっぱり斬り落とすのだ。
刹那、蔵人介の握る柄の目釘が、ぴんと弾けた。

柄が外れ、八寸の抜き身が飛びだす。
「なに」
仕込み刃が一閃(いっせん)し、岩戸の咽喉笛を裂いた。
ぱっくり開いた傷口から、夥(おびただ)しい鮮血がほとばしる。
「莫迦め」
蔵人介は吐き捨てた。
岩戸は驚いた顔のまま、地面に落ちてゆく。
ふと、五百両入りの木箱が目にはいった。
蓋(ふた)は開いているものの、黄金の光はみえない。
箱のなかから、拳大の石ころが転がりでている。
「何だと」
駆けより、別の箱もこじあけてみる。
詰まっているのは、石ころだった。
頑丈に施錠してあるので、確認できたのは二箱だけだ。
が、もはや、謀(たばか)られたのはあきらかだった。
石ころのために、これだけの者たちが犬死にしてしまったのだ。

そのとき。

行く手に、無数の提灯が点滅した。

「御用、御用」

捕り方の声が、嵐となって迫ってくる。

蔵人介は身を強張(こわば)らせた。

罠なのか。

誰が仕掛けたのだ。

わけがわからない。

頭は真っ白だ。

暗がりから、誰かに名を呼ばれた。

「菊岡どの、菊岡どの」

みやれば、杉田が手招きをしている。

「こちらでござる。逃げましょう」

蔵人介は我に返り、杉田の背にしたがった。

逃げこんださきは丁の字の抜け裏、西河岸の開運稲荷の裏手で、佐吉が待ちかまえていた。

十

「杉田さま、こっちこっち」

いつもと勝手のちがう顔で、てきぱき導いてみせる。

佐吉に手招きされながらも、蔵人介は考えをめぐらせた。

いったい、誰と誰が裏切り者なのか。

そして、裏を掻いたのは誰なのか。

肝煎りの玉屋八郎右衛門を問いつめれば、からくりはわかるにちがいない。

そんなことを考えていると、どぶの臭いがしてきた。

いつのまにか、東河岸の暗がりに迷いこんでいる。

「おい、佐吉」

「へい、なんでしょう。居合の旦那」

「ここは羅生門河岸か」

「さいですよ。ここは泣く子も黙る羅生門河岸。お江戸にある安女郎屋のなかで、唯一、捕り方の手がおよばねえところでさあ」

「おぬしら、仲間なのか」

「へへ、そういうことになりやすか。ねえ、杉田さま」

「ん、そうだな」

「なぜ、わしを助ける」

これには、杉田が応じた。

「死なせるには惜しい技倆をおもちだ。できれば、仲間に加わっていただけないかとおもいましてね」

「なんの仲間だ。説明しろ」

「婀娜金三千両。ほんとうなら、われわれが頂戴するところだったのでござるよ。ところが、おもわぬ連中に先を越されてしまった。もっとも、それが不幸中の幸い、われわれは罠に塡まらずに済みましたけどね。それにしても、箱の中身が石ころだったとは。岩戸重四郎も浮かばれぬ」

肝煎りの玉屋はみずから鍵を握り、防の連中に箱の中身を確認させなかった。岩戸が疑念を抱かなかったのは、長年の付きあいがあったからだ。

「防の三人もわれわれも、裏を掻かれたというわけです」

御上は八代以下の勘定方を犠牲にしてまで、罠を張りたかったのだ。

「わからぬ。おぬしら、何者なのだ。もしや、水無月晦日に婀娜金を盗んだ連中か」

「ふふ」

杉田は佐吉と顔を見合わせて笑った。

橘右近は、防のなかに「鼠」がいると読んでいた。

それはたぶん、佐吉のことだったにちがいない。

杉田と佐吉は、神尾徹之進と通じているのだ。

蔵人介は緊張した。

邂逅(かいこう)したい気持ちと、そうでない気持ちの相剋(そうこく)がある。

対峙すれば、どのみち、刃を合わさねばいられなくなる。

そんな予感がした。

「菊岡さま、ここで少しお待ちください」

佐吉はそう言い、切見世の暗がりに消えてゆく。

蔵人介は、九郎助稲荷の正面に立った。

——

心ノ臓が早鐘(はやがね)を打ちはじめる。

ほどなくして、佐吉が白塗りの女郎をともなって戻ってきた。

美紀だ。

おもわず、蔵人介はうつむいた。

「杉田さま、ご無事でなによりです」

美紀が武家娘の口調で吐いた。

目には涙を溜めている。

「罠に塡められるところでござりました。されど、このとおり生きております」

杉田の口ぶりは、凜々(りり)しいものに変わっていた。

見つめあうふたりが、深い仲であることはすぐにわかった。

「美紀どの、義兄者(あにじゃ)はどこに」

「それは……」

と言いかけ、美紀は口を噤(つぐ)んだ。

蔵人介を気にしているのだ。

「ご案じめさるな。こちらは菊岡作兵衛どの、怪しい方ではない。わたしを救ってくれた御仁でもあられる」

「されば、兄からの言伝がございます。京町一丁目の『大文字屋』を訪ね、難波屋杢兵衛の客を名乗れと」

「難波屋杢兵衛」

「薬種問屋に化けているそうです」

「なるほど。では、さっそく向かってみましょう」

「あの、杉田さま」

「ん、どうなされた」

「兄の大願は、成就するのでしょうか」

「美紀どの、きっと望みは叶う。もう少しの辛抱だ。杉田文悟、かならずや、あなたを迎えにまいります」

「そんな……もったいない」

「心を強くおもちくだされ、では」

佐吉を美紀のもとにのこし、杉田と蔵人介は羅生門河岸をあとにした。

途中、蟹のようなからだつきの酔っぱらいが、立小便をしているのに出くわした。

酔客に化けた串部であったが、杉田に気づいた様子はない。

串部は蔵人介の危機を救うつもりで、事の一部始終を遠くから眺めていたはずだ。

仲之町に出たところで、蔵人介は訊いてみた。

「おい、美紀というおなご、おぬしの何なのだ」

「許嫁でござる。五年前、将来を誓いあいました。されど、わたくしの望みは叶いそうにありません。こちらがどれだけ望んでも、美紀どのが首を縦に振ることはありますまい」

からだは売っても、心はけっして売らぬ。

たとい、そうであっても、美紀は杉田の申し出を拒むであろう。

美紀は兄の大願を成就させるために操を捨て、吉原へ潜ったのだ。

きっとそうにちがいないと、蔵人介は推察した。

「大願とはなんなのだ」

「わたくしの口からは申しあげられません。われわれの頂点に立つお方から、直にお訊きください。そして、是非、お仲間に加わっていただきたい。菊岡どのが助っ人になってくだされば、百人力でござる」

杉田は足を止めた。

大文字屋の紅殻格子が目に飛び込んできた。

十一

　蔵人介は空唾を飲んだ。

　ここは大文字屋の二階奥座敷、襖一枚隔てた向こうには、かつての友が座っているのだ。

　襖が開いた。

　商人風体の男がひとり、花魁を侍らせ、塗りの盃を舐めている。

　ずいぶん老けてしまったが、神尾徹之進にまちがいない。

　鋭い眼光がかちあった。

　神尾に動揺の色はない。

　わずかな沈黙が流れ、杉田が右手を振った。

「義兄者、こちらは菊岡作兵衛さまでござります」

「うるさい、黙っておれ」

「は」

「席を外せ」

「え、どうして」

「言われたとおりにしろ。おぬしもだ」

花魁は顎をしゃくられ、白けた顔になる。

「ほんに、一見さんはこれやから困る」

「文句を垂れずに去ね」

杉田も花魁も追いだされ、神尾とふたりきりになった。

蔵人介は閉じられた襖に、ぴたりと背中をくっつけている。

「矢背、座ったらどうだ」

「ああ」

「なぜ、おぬしがここにいる」

「さあな」

「鬼役を辞めたのか」

「辞めてはおらぬさ」

「月代なぞ伸ばして、ようそれで城勤めができるな」

「余計なお世話だ。それより、十年ぶりではないか」

「山流しになって以来、会っておらぬからな」

「五年前、おぬしは甲州勤番のお役目を辞した。おぬしの所在を、わしは血眼で捜しまわったのだぞ」

「無駄なことを。わしはひとつところに居を定めず、渡り鳥のような暮らしをしておった。そんなことより、わしに何か用か」

「水無月晦日の晩、菊屋橋のそばで婀娜金を奪ったのか」

「だとしたら」

「金を奪うだけならまだしも、人を斬ったな」

神尾は鼻を鳴らし、盃を舐める。

「死んだ者のなかに、知りあいでもおったのか」

「いいや」

「ならば、おぬしに関わりはあるまい」

「そうはいかぬ」

「なぜだ」

「お役目だからさ」

「莫迦らしい。鬼役が隠密の真似事をするのか。命じたのは誰だ」

「さあな」

「隠密御用を受けた理由は」

「なりゆきだ」

「ふん」

神尾はちろりを取り、盃に冷めた酒を注いだ。

「ここに来て飲まぬか」

「けっこうだ」

「まさか、おぬしがやってくるとはな。これも宿命か」

「神尾よ、婀娜金を奪ってどうする気だ。しかも、一度ならず二度までも。それほどまでして、なぜ、金を欲しがる」

「おぬしは幕府の犬だ。犬に何を言ってもはじまらぬ」

「わしは、友として訊いておる」

「友としてだと。ふっ、ははは」

神尾は仰けぞって嗤い、酒を苦そうに呷った。

蔵人介は、静かに語りかける。

「むかしのおぬしは、金に頓着のない男だった。まさか、廓で散財するために公金を奪ったのではあるまい。大願とはなんだ」

「復讐さ」

「復讐」

「わしを山流しにしたやつらへのな」

「十年前、おぬしは勘定方の組頭をつとめておったな。末は勘定奉行とまで評された逸材だった。羨ましかったぞ、おぬしは輝いておった」

「あのときが頂点さ。わしはまだ若く、天狗になっていた。正義に忠誠を誓い、世の不正を糾弾しようと躍起になっておったのだ。案の定、同僚に填められ、高転びに転げ落ちた」

「何があった」

「婀娜金さ。表向きは半季で三千両だが、隠し金が別に五百両上乗せされておった」

神尾の調べたところでは、そうやって得られた余剰金は米相場に投入され、ひとにぎりの者たちを潤した。

「潤った者とは、勘定奉行とその配下だ。わしは不正を突きとめるべく、証しとなる裏帳簿を秘かに集めた。そうした作業の途中、配下のひとりが責められ、嬲り殺しにされた。わしの動きはやつらにばれた。些細な失態をでっちあげられ、山流しにあった。罠に填められたのさ」

「やつらとは」

「ひとりは当時の勘定組頭、安達和泉守だ。安達は小心者ゆえ、ちょいと威しを掛けたら腹を切りおった。まあ、この手をわずらわさずに済んだがな。されど、悪党の親玉はまだのうのうと生きておる」

十年前に勘定奉行だった人物で、順当に出世を果たした者はさほど多くない。

蔵人介は、とある若年寄の醜く肥えた顔をおもい浮かべた。

「おぬしが恨みを抱く相手とは、若年寄の森川河内守か」

「ようわかったな」

「悪人面をしておるからよ」

「性質の善し悪しは顔に出るからな、ふふ」

「今いちど訊こう。なにゆえ、金を奪ったのだ」

「森川の鼻を明かすためさ。奪った金は米相場を動かす軍資金にする。あればあるほどよい。米相場が暴落すれば、悪徳商人どもは損をし、お偉方の実入りも減る」

「二度目はしくじった。相手も同じ轍は踏まぬぞ」

三千両は大金だが、大きな市場を動かすには小さい。

本音を言えば、二度目の失敗は口惜(くや)しいはずだ。

「いいや、わしにはまだツキがある。じつはな、不忍池寄りの場所で待ちぶせしておったのさ。その判断が功を奏した。今少しで、防の連中の二の舞になるところであったわ」

「森川河内守を殺(や)るのか」

「無論だ」

「痩せ犬どもを雇って、屋敷でも襲撃するのか」

「それもいい。だが、この手で確実に始末してやる」

「やめておけ」

「なぜ、とめる」

「若年寄ひとりが死んだところで、人々の暮らしがよくなるわけでもあるまい。おぬしの大願とは、誰かを殺めることではなかろう。おぬしはかつて正義に忠誠を誓い、不正を糾弾しようとした。すべて、世のためであろう。弱い者たちが浮かばれる世の中を築こうとおもったのではないのか」

「青いことを抜かすな」

嘲笑(ちょうしょう)されても、蔵人介は怯まない。

「おぬしの遣り口は好かぬ。みずからの復讐を果たすため、罪なき者たちを大勢斬ったではないか」

「許せぬか」

「許せぬ」

「なら、どうする」

蔵人介は毅然と応じる。

「まず、奪った金を返してもらおう」

「笑止な。金を返したところで、どうなる。廓の冥加金なぞ、悪党どもから食い物にされるだけであろうが」

「どう使われようが、盗んだ公金は返してもらう」

「変わっておらぬな。おぬしは昔から融通の利かぬ男だった。そこが美点でもあり、欠点でもあった。わしは五年前、復讐を決意した。退路を断って行動に出たのだ。ここで引き返せるとおもうか」

「美紀どのを巻きこんだな」

「なんだと」

「自分の欲求を充たすため、廓に沈ませた。それは外道のすることだ」

「美紀はわしの妹、おぬしにとやかく言われる筋合いはない。それより、どうするつもりだ。ここで問答してもはじまらぬ」

斬りあうしかあるまいと、おたがいに感じていた。

「これも運命。だが、ここでやりあうわけにもいくまい。刀も預けておることだしな。明晩、大川で月見をやる。ふふ、屋形船（やかたぶね）を繰りだしてな。矢背よ、おぬしとは月見のあとで決着をつけてやる」

「おぬしが来るという証しは」

「友を信じよ」

蔵人介は眉間に皺を寄せた。

騙（だま）されてもよいという気持ちがあった。

十二

その夜、蔵人介は佐吉に導かれ、五丁町の外れにある小見世で世話になった。

「ここでほとぼりを冷ましてくだせえよ」

「すまぬな」

「酒肴は仕度させます。なんなら、こっちのほうも」

佐吉は小指を立ててみせたが、蔵人介は断った。

聞けば、この男、見掛けよりは年を食っている。

親の代から神尾家に仕え、十年余りになる小者であった。

佐吉の父親の顔を、おぼろげながら憶えている。

人懐こそうな皺顔の老人だった。

「もう、ずいぶんまえに逝きましたよ」

佐吉は神尾にしたがって甲州まで行き、神尾が役目を辞してからも行動をともにした。

律儀な男だ。

「神尾さまのお人柄に惚れたのですよ」

と、佐吉は笑った。

聞けば、婀娜金を奪った仲間はほかに五人ほど潜んでいるという。

みな、金で雇われた浪人者らしかった。

夜更けになり、褥で横になっていると、音もなく襖が開いた。

影のようにあらわれたのは、公人朝夕人である。

「なんじゃ、おぬしか」

「鬼役どの、神尾徹之進に会われましたな」

「それがどうした」

「おや、何を怒っておいでなのか」

「下手な小細工をしおって。偽の婀娜金を運ばせたこと、最初(はな)から存じておったのだろうが。まさか、橘さまが仕組んだのではあるまいな」

「そのまさかでござる」

「なんだと」

「敵を欺(あざむ)くにはまず味方から。おかげさまで、本物の荷は無事にお城の御金蔵に納められました」

「おぬしが護衛を」

「いかにも。車夫四人に護衛は拙者ひとり、菊屋橋を渡る前回と同じ経路をたどりました」

「裏の裏を掻いたのか」

「そういうことになりますな」

大仰(おおぎょう)な人数を掛けた防の一団は、囮(おとり)に使われたのだ。

「ふん、莫迦らしい。もうやめた。この役目は降りる」

「そうはまいりませぬ。じつは昨日、目安箱に一通の遺言状が紛れこみましてな。受取人は橘さま。ほかには誰の目にも触れておりませぬ。差出人はどなただとおもわれます」

「知るか」

「腹を切った安達和泉守のご内儀でござるよ」

内儀は夫を追い、自害して果てた。死ぬ直前、この世への未練と恨みを込め、夫の遺言状を目安箱に投函したものらしい。

「内容は」

「お知りになりたいので」

「もったいぶるな」

ここ十数年におよぶ婀娜金に絡んだ不正の経緯が、遺言状には連綿と綴られていた。

「槍玉にあがったのは、若年寄として今や権力をほしいままにしている森川河内守さまでござった。されど、不正を示す裏帳簿があるわけでもなく、誹謗中傷の域を出ない。あれでは死に行く者の世迷い言にすぎぬ。河内守をおおやけに裁くわけにもまいらぬと」

「狸爺めがそう言ったのか」

「はい」

「橘さまは、こうも仰いました。おおやけに裁くことができぬのならば、裏で始末するしかあるまいと」

「わからぬな。このわしに若年寄を殺れとでも」

「御意」

蔵人介は、ぴくりと片眉を吊りあげる。

「できぬと言ったら」

「やらずばなりますまい」

「なぜ、そう言いきることができる」

「明晩、とある札差が大川に屋形船を浮かべ、月見の宴を張ります。そこにお忍びで招かれている主賓こそ、森川河内守にほかなりませぬ」

「なんだと」

神尾の吐いた「月見の宴」の意味がようやくわかった。

「神尾徹之進が狙うとすれば、この機をおいてほかにござりますまい」

窺うような眼差しでみつめられ、蔵人介は顔を背けた。

「おぬし、十年前の経緯を調べておったのか」

「はい。神尾徹之進にとって河内守は怨敵、討たねばならぬ相手にござる。ただし、明晩の大願成就はまず無理でしょうな」

「なぜ」

「神尾の動きは、敵に筒抜けにござります」

「まことか」

「逆しまに、罠を仕掛けられるは必定」

「おぬしが内通したのか」

「いいえ、神尾の近くに鼠がおります」

「誰だ」

「仕官を望む若侍」

「杉田文悟が……まさか」

公人朝夕人によれば、一度目の襲撃ののち、杉田は自ら森川邸に駆けこみ、神尾を売るための条件をもちかけたらしい。

「存外にしたたかな若僧でござる。鬼役どのが道場で叩きのめしたおかげで、あやつの素姓を調べる機会を得ました。系譜をたどれば、弘前藩津軽家に仕える早道之者に繋がります」

「早道之者」

藩士の目付役で、体術や遁身術に長けた忍びのことだ。

「ところが、杉田文悟の父は拠所ない事情から腹を切らされた。家は廃絶となり、家人はばらばら、三男の文悟は浪々の身となって甲州に流れた」

そこで美紀と知りあったのではないかと、公人朝夕人は憶測を物語る。

「美紀は兄を慕い、甲州に移りすんでおった」

ふたりは深い仲となったが、杉田の心には消せない野心が燻っていた。神尾の仲間に誘われ、まんまと大金を手に入れたことで、野心がめらめらと燃えあがったのかもしれない。

もはや、こうなると、誰が裏切り者かわからなくなってきた。

「たとい、お城勤めの身となっても、早晩、鼠は始末されましょう。ともかく、明日はご朋輩の命日になりそうだ」

蔵人介は、公人朝夕人をきっと睨みつける。

「なぜ、わしに教えた」

「さて。鬼役どのがどう出られるか、楽しみにしておりますもので」

「わしは将棋の駒ではない」

「それは、指し手に仰ってくだされ」

「わかっておるわ」

明日のことを神尾に警告すべきか否か、蔵人介は迷った。

気づいてみると、公人朝夕人は消え、別の気配が襖の向こうに立った。

「殿」

「おう、串部か。はいってくれ」

「は」

「公人朝夕人に出くわさなんだか」

「いいえ。あやつ、このようなところまで」

「来よったわ」

「まるで、鷹でござるな。天空から地上を眺め、楽しんでおるようだ。おっと、のんびりとしてはいられない」

「どうした」

「は、美紀どのが身請(みう)けされました」

「なに」

「身請人は痣の男」

「美紀は廓の外に出たのか」

「は、行き先は見定めてまいりました。浄閑寺（じょうかんじ）の近くにある荒れ寺でござる。今からまいられますか」

「行こう」

蔵人介は重い腰をあげ、褥をふたつにたたんだ。

十三

日本堤（にほんつつみ）を北に向かい、山谷堀（さんやぼり）を渡ったさきの下谷通新町（とおりしんまち）あたりまで歩いていった。

東側には田畑がひろがり、投込寺（なげこみでら）で有名な浄閑寺（じょうかんじ）や火葬場があるせいか、どんよりとした空気に包まれている。

そうしたなかに、荒れ寺はあった。

頼りない灯明（とうみょう）の光に照らされながら、男女が烈（はげ）しく睦（むつ）みあっている。

杉田文悟と美紀であった。

神尾や佐吉のすがたはない。

蔵人介は草叢に隠れ、荒れ寺の様子を窺った。

「殿、男のほうの真意がわかりませぬな」

「美紀どのは騙されておるのだ」

「どうなさるおつもりで」

「ことによったら」

成敗するしかあるまい。

頃合いを見定め、庫裏に近づく。

杉田だけがひとり、縁側に出てきた。

「おや、菊岡どの、どうしてここが……なるほど、義兄者からお聞きになったので」

「まあな」

と、嘘を吐く。

「ご決心されましたか。これで、心強いお味方ができました」

「明晩の件はどうなった」

「しっ、詳しいことは義兄上の口からお聞きくだされ。じつは、わたくしも聞かされておりませぬ。どこに集まったらよいものやら」

「神尾どのは、どこに」

「ここで待っておれば、そのうちに来られましょう」

「ひとつ、訊いてもよいか」

「ええ、何なりと」

「おぬし、美紀どのをどうするつもりだ」

「どうするとは」

「望みどおり、仕官が叶ったあかつきには、どうするのかと訊いておる」

杉田は顔色を変え、すっと離れた。

「妙なことを仰る。あなたは何者なのだ」

「神尾の古い知りあいでな、十二歳の美紀どのなら知っておる」

「なんだと」

杉田は背後を気にする素振りをみせ、裸足(はだし)で地べたに降りてきた。

腰にはちゃんと、大小を差している。

「われわれに、わざと近づいたのか」

「近づいてきたのはそっちだ。わしは防に潜りこんだにすぎぬ」

「潜りこんだ、なんのために」

「鼠を炙りだすためさ。ほれ、そのあたりにも一匹隠れておる」

木陰から、佐吉がすがたをみせた。

杉田は振りかえりもせず、三白眼でこちらを睨みつける。

「菊岡作兵衛という姓名も偽りか」

「さよう」

「本名は」

「名乗っても詮無いはなし」

「幕府の隠密か」

「いいや、ただの鬼役さ」

「鬼役」

「毒味役だよ」

「公方のか」

「さよう」

杉田は首をかしげる。

「なにゆえ、毒味役が」

「申したであろう。神尾の友であったと」

「婀娜金の行方を追っているのだな」

「知っておるのか」

「神尾さまと美紀どのしか知らぬ」

「なるほど、鼠は蚊帳(かや)の外か」

「くそっ。義兄者に告げるのか」

「さあな」

「どうやら、斬らねばならぬらしい」

「さようか」

蔵人介は目を細め、伽藍(がらん)のなかを覗いた。

美紀が隅っこに座り、不安げな眼差しをおくってくる。

十年も経てば人の顔は変わる。こちらの顔は憶えておるまい。

「鬼役め、覚悟したほうがよいぞ。板の間での申しあいは相手を油断させるための手管(てくだ)、わざと負けたのだ」

「ほう」

「この手で人を何人も斬ってきた」

「そうはみえぬ。斬ることの痛みを知っている顔ではない」

「ふふ、斬ることの痛みだと。さようなもの、持ちあわせぬ者も世の中にはいる」

「そうした者をなんと呼ぶか知っているか。外道と呼ぶのだ」

「説教はそれだけか」

杉田は、しゅっと刀を抜いた。

肩越しに、美紀の脅えた顔がみえる。

——すまぬ。

蔵人介は、心のなかでつぶやいた。

杉田は八相（はっそう）に刀をもちあげ、躙（にじ）りよってくる。

木刀での勝負のときは小手裏を狙い、柄砕きで顎を叩いた。

だが、小細工を弄（ろう）する気はない。

「いやっ」

杉田が刀を青眼に落とし、一直線に突きかかってきた。

鋭い突きだ。

が、蔵人介には通用しない。

「はう」

国次が抜き放たれた。

紫電一閃、ふたつの影が擦れちがう。

「杉田さま」

木陰から、佐吉が飛びだしてきた。

すちゃっと、蔵人介は刀を納める。

杉田の左胸から、血が噴きだした。

がくっと片膝をつき、背後を振りむこうとする。

「み……美紀どの」

名を洩らし、こときれた。

「杉田さま……」

美紀が廊下に這いだしてくる。

「……なぜ、なぜ」

必死の形相で質されても、応じることばはない。

佐吉が一部始終を聞いていたはずだ。

美紀に事情を告げてくれることを期待した。

蔵人介はくるっと踵（きびす）を返し、後ろもみずに歩きだす。
串部がその背にしたがった。
神尾はおそらく、杉田の死を警告と受けとめるだろう。
仲間を裏切った鼠は、死なねばならぬ運命にあった。

十四

十五夜。
月は雲に隠れているものの、屋形船では盛大な宴がつづいていた。
川縁（かわべり）からも、煌々とした船灯りが遠望できる。
だが、主賓のすがたはない。
大川の桟橋周辺では、胡散臭（うさんくさ）い連中が目を光らせている。
ついに、神尾はすがたをみせなかった。
危ういと、嗅ぎとってくれたのだろう。
蔵人介はさきほどから、ふたりに縁のある場所を思いえがいていた。
神田川を渡った湯島（ゆしま）天神の北、切通町（きりどおしまち）のなかにある。

かつて、ふたりで鎬(しのぎ)を削った剣術道場であった。

十何年かぶりで訪ねてみると、こんもりとした雑木林のなかに道場は建っていた。

もはや、廃屋である。

蜘蛛(くも)の巣を払い、板の間に踏みこんだ。

ぎぎっと床が軋み、人の気配が立った。

誰かいる。

「神尾」

呼びかけてみると、音もなく人影があらわれた。

「やはり、ここにおったか」

「おぬししか知らぬ場所さ」

神尾は一歩踏みだした。

「杉田文悟を斬ったな」

「やつは鼠だ」

「大川に行って、そいつはわかった。今宵のことを知っておったのは、杉田と佐吉のふたりだけだ。ふん、あの若僧が鼠だったとはな。なぜ、わしを救った」

「犬死にさせたくなかっただけさ」

「ほう、それで友を救ったつもりか」

「いいや」

「三千両の行方は気にならぬのか」

「ならぬと言えば嘘になる。が、もはや、訊くまでもない。隠し場所はわかった」

「えらい自信だな」

蔵人介は、どんと踵(かかと)を踏みならす。

「道場の床板を引っぺがして土を掘れば、たぶん出てくるだろう。されど、金なぞどうでもよい。おぬしのことが気に掛かる。生きなおせ、美紀どのと」

「言いたいのは、それだけか」

「ああ」

「おぬしがわしなら、どうする。あっさり、あきらめられるか」

無理であろう。

蔵人介は溜息を吐いた。

「わしはこの機を待っておった。妹を女郎屋に沈めてまでもな」

「河内守を討つのか」

「討たずに死ねるか」

すっと、蔵人介は身を退いた。

「おぬしと、やりあわねばならぬらしい」

「のぞむところよ。道場で対峙するのも何かの因縁だ。いずれ、おぬしとは決着をつけねばならぬとおもっていた」

「たがいに手の内は知った仲、どっちが斃れるかは時の運だ」

十年の空白が有利にはたらくか、それとも、不利にはたらくか。

「それを確かめてみるのも一興(いっきょう)」

にやりと、神尾が笑う。

ふたりは伽藍(がらん)の左右に分かれた。

戸は風除(かぜよ)けの用をなさず、屋根は雨を避けるためのものではない。梁(はり)は腐りかけ、壁の漆喰(しっくい)は剝がれ、床の随所に穴が開いている。

群雲が晴れ、天井から月明かりが射しこんできた。

神尾の顔は紅潮している。

大願成就の直前で、堅固(けんご)な壁が立ちはだかったのだ。

蔵人介という壁を破らねば、まえへ進むことはできない。

「まいるぞ」

神尾は刀を抜いた。

抜刀術も得手とするが、そこは卜傳流の免許皆伝、撞木足にどっしり構え、一撃必殺の面打ちで決めにかかる。

火の構えとも呼ばれる上段の構えはさほど高くもなく、二尺三寸の白刃は右面の斜め上方に翳されている。青眼の切先は低い。ほとんど水平に近く、相手の鳩尾を指す。

蔵人介も抜いた。

「ほう、抜くのか」

「切先を合わせとうなってな」

ふたつの白刃が月光を浴び、刃文を妖しげに浮かびたたせた。

時が止まったように感じられ、この場に立っていることすら不思議におもえてくる。

神尾とはずいぶん長いあいだ、竹刀を打ちあった。

幼い時分も、城勤めになってからも、どちらからともなく誘いあって汗を流した。

あのころの爽やかな思い出が甦り、どうしようもない悲しみが込みあげてくる。

「矢背、剣先が鈍っておるぞ」

「おぬしもな」

「真剣で立ちあうのは、これがはじめてだな。されど、竹刀で立ちあっているとき
と気分は同じだ。なぜであろう」

友を斬りたくないからだ。真剣ではなく、これは竹刀なのだと自分に言い聞かせ、
勝負に挑もうとしているのだ。

「わしは死んでもいい」

神尾が妙なことを口走った。

「おぬしと邂逅してから、そうおもえるようになった。なぜか、わかるか」

「いいや」

「おぬしなら、やってくれる。そんな気がするからさ」

「残念だが、骨を拾ってやる気はない」

「そうか。ならば、是が非でも生きのこるしかあるまいな」

神尾は顔の正面に、白刃を立てた。

印の構えか。

白刃に身を隠す独特の構えから、自在の攻撃が繰りだされてくる。

神尾の恐ろしさを、蔵人介は身に沁みてわかっていた。

が、それは向こうも同じはず。実力の拮抗した者同士の勝負は、永遠に決まらぬか、一瞬で決まるかのどちらかだ。

「はあ……っ」

神尾が床を踏み、切先をせぐりあげるように迫ってきた。

「へや……っ」

蔵人介はこれを弾き、咽喉をめがけて突きを繰りだす。

「ふん」

躱された。

つぎの瞬間、横胴を狙われたが、これは見切っている。

すかさず、横飛びに跳ねたものの、床板に穴があいていた。

「うわっ」

片足が、ずぼっと塡まる。

塡まったところへ、水平斬りがきた。

「つお……っ」

白刃を立ててこれを受け、火花で鬢を焦がす。

穴から必死に抜けだし、横転しながら起きあがった。

神尾は上手に穴を避け、印の構えで近づいてくる。

月光を背に負ったからだが、倍にも膨らんでみえた。

顔は暗く、赤い双眸だけが炯々としている。

悪鬼か、羅刹のようだ。

蔵人介は床の間の壁を背にした。

床の間には「無常迅速」と書かれた軸が掛かっている。

人の命は短い。今をたいせつに生きよ、という釈迦の教えだ。

誰かに恨みを抱き、恨みだけを支えに生きることほど、虚しいことはない。

そうではないか。

神尾、ちがうというのか。

いかに諭しても、神尾は聞く耳をもつまい。

修羅道に迷いこんだ者を目覚めさせる方法はただひとつ、この世への未練を断ってやるしかないのだ。

「矢背よ、覚悟せい。ふりゃ……っ」

神尾は火の構えから、真っ向唐竹割りに斬りさげてきた。

これを十字に受けた途端、両肩の関節が外れかけた。

凄まじい力で押され、月代に刃が触れる。
圧し斬りにされる恐怖が、腹の底からわきあがってきた。
「くわああ」
雄叫びをあげ、一気に押しもどす。
右足で腹を蹴りつけると、神尾は床に尻餅をついた。
気づいてみれば、蔵人介は白刃を鞘に納めている。
神尾はひょいと跳ねおき、刀をすっと上段にもちあげた。
一瞬の間隙を衝き、蔵人介は懐中に飛びこんだ。
——びゅん。
蒼白い閃光が走り抜け、鞘の内に消えてゆく。
神尾は彫像のごとく、微動だにもしない。
「やはり、居合で決めたか」
ぼそっと洩らし、血を吐いた。
左脇腹の布が裂け、ぱっくりひらいた傷口から、大量の血がほとばしる。
両手で柄を握ったまま、神尾徹之進は仰けぞるように倒れていった。

十五

数日後、千代田城内。

黒書院溜之間では老中を交え、若年寄たちが膝詰めのはなしあいをつづけていた。

内容は天候不順で東北と関東一円が飢饉に見舞われる怖れのあること。商人たちは飢饉を見越して米の買い占めと売り惜しみに走りつつあること。これらへの対策にくわえて、予想される一揆への対応等々、頭の痛い内容ばかりである。

若年寄の森川河内守は、さきほどから小便を我慢していた。

公方のように、尿筒持ちがおればよいのに。

施策の中身ではなく、そんなことばかり考えている。

ついに、我慢の限界に達した。

「方々、失礼つかまつる」

畳に額ずいた瞬間、洩れそうになった。

蒼白な顔で退き、廊下に出た途端、がに股で駆けだす。

尋常ではない袴の衣擦れに、茶坊主どもが振りかえった。

溜之間から若年寄の控える次御用部屋までは、七曲がりの廊下を渡っていかねばならない。途中に竹庭があり、片隅の暗がりに厠があった。

河内守は厠に滑りこみ、袴を捲りあげた。

桶をまたぎ、溜まったものを一気に放尿する。

安堵したのもつかのま、突如、差しこみに襲われた。

「うっ、ぬぬ」

汚い尻をさらしたまま、桶のうえに屈みこむ。

背後に、人の気配が立った。

「河内守さま、いかがなされた」

「ちと、腹がな……い、痛いのよ」

「それはいけませぬな。昼餉に何か召しあがりましたか」

「さ、鯖を食うた」

「おう、それだ」

「鯖がどうしたのじゃ」

「あたったのでござるよ」

「まことか」

「はい」

「おぬしは……だ、誰じゃ」

河内守は首を捻った。

「さ、お手伝い致しましょう」

笑みを浮かべて背中をさするのは、蔵人介にほかならない。

「そなたは、鬼役」

「矢背蔵人介めにござります。鯖は莫迦にできませぬぞ。処置をまちがえれば、死にいたりますからな」

「ど、どういたせばよい」

「胃袋の中身を、ぶちまけてしまいなされ」

「どうやって」

「このように二本の指を口に突っこみ、のどちんこを擽るのでござるよ」

「こ、こうか」

「いいえ、もっと奥へ。要領をお教え致しましょう。さ、指を」

「こうか……おえっ」

「その調子ですぞ」

蔵人介は背後から、河内守の腕を十字に交叉させた。

「さ、今いちど、指を突っこみなされ」

「こうか……ぬぐ、おえっ」

河内守は指を口に突っこむ。

「なかなか吐けませぬな。どれどれ」

蔵人介は河内守の鼻を摘み、ぼきっと折りまげた。

「ぬごっ」

痛がっても、声は出てこない。

二本の指が、のどちんこをふさいでいる。

鼻血が飛びちり、たらたら流れ落ちてきた。

鼻の穴は血でふさがり、河内守は苦しがる。

もがこうにも、身動きひとつできない。

強靭な力が万力のように締めつけてくる。

河内守はぐったりした。

腕のなかからずり落ち、桶に顔を突っこんでしまう。

すでに、ことされていた。

みじめな死にざまが、悪党にはふさわしい。

「外道め」

蔵人介は、重い溜息を吐いた。

友の望みを叶えたとて、もはや、この世に友はいない。

運命であったとはいえ、運命にしたがうしかない自分が情けなかった。

風が吹き、笹鳴りが聞こえた。

常世(とこよ)で神尾が泣いている。

そんなふうにおもえてならなかった。

十六

自邸でくつろぐのも、ずいぶん久しぶりだ。

月代を剃ったら、さっぱりした。

だが、家人の反応は冷たい。

「小田原(おだわら)から湯は届かぬのですか」

と、志乃はうるさく文句を言う。

串部の約束を、ちゃんと憶えていたのだ。

それだけではない。

志乃はとんでもない噂を聞きつけてきた。

「矢背蔵人介によく似た人物を、廓で見掛けた」

噂は志乃の口から、幸恵にも伝えられた。

蔵人介は、さっそく仏間に呼びだされた。

白洲に引ったてられた罪人のような気分だ。

奉行役は志乃、かたわらには、悔し涙を溜めた幸恵が控えている。

「蔵人介どの。湯治に行かれたというのは、まことですか」

「まことですよ」

「ならば、瓜ふたつの者がこのお江戸にいるということですね」

「お待ちくだされ。根も葉もない噂をお信じなさるとは、養母上らしくもない」

「黙らっしゃい。このおはなし、信頼のおける方から直にお聞きしたのですよ。入れあげた花魁の名も存じております」

「まさか」

「玉屋八郎右衛門お抱えの、常葉とか申すおなごです」

「なんですと」

「ほうら、顔色が変わった。そのうろたえよう、尋常ではござりませぬ。のう、幸恵さんもそうはおもいませぬか」

「はい。蔵人介さまはきっと、後ろめたいことがおありなのです」

「おいおい、待ってくれ」

蔵人介は目を泳がせた。

仏壇には線香と菊の花が手向けられている。

養父の信頼が、せせら笑っているかのようだ。

いっそのこと、すべてを打ちあけようかとも考えた。

廓狂いの腑抜けとおもわれるより、密命を帯びた人斬りとおもわれたほうがよい。

いや、どっちとも言えない。腑抜けのほうがましかもしれぬ。

考えをめぐらせていると、志乃と幸恵はこちらを無視し、まったく別のことを喋りはじめた。

「そういえば幸恵さん、湯島天神の切通町に大きなお救い小屋が建ったそうですね」

「伺いました。なんでも、上方で水茶屋を営む女将が私財をなげうったとか」

「それが、まだ二十四か五の方で、しかも、たいそうな美人らしい。天神さんの境内で水茶屋もはじめたと聞きましたよ」

「その水茶屋で出されるお団子が評判で、ほっぺたが落ちるほど美味しいそうです」

「あら、そうなの」

「半刻も並ばねば、食べられぬほどの人気とか」

「幸恵さん、それなら、いちど伺ってみなければいけませんね」

「はい」

水茶屋の女将は美紀、手代は佐吉というらしい。

「無償でお救い小屋をお建てになるだなんて、なかなかできることではありませんよ」

「観音さまと、呼ばれているそうですよ」

「下世話なおはなしですけど、お救い小屋を建てるお金は、どうやって工面(くめん)なされたのでしょう」

「お義母(かあ)さま、そのお方はきっと、打ち出(うちで)の小槌(こづち)を携えておられるのですよ」

「まあ、羨ましい」

ふたりの会話は、いつ果てるともなくつづいていく。

開け放たれた襖の向こうから、涼風が迷いこんできた。

秋の彼岸が過ぎれば、庭にある木々の葉の色も濃くなってくる。

湯島天神の切通町は、不忍池にも近い。上野の山が色づくころ、志乃と幸恵を連れて遊山に出掛けるのもよかろう。

それにしても、串部のやつは湯を運んでくる気があるのだろうか。

女たちの機嫌を直すには、名湯の土産以外に妙手（みょうしゅ）はなさそうだ。

「蔵人介どの、ご返事をまだ聞いておりませんよ」

ふたたび、志乃のことばが突きつけられた。

「どうなのです。武士らしく非をお認めなされ」

志乃は凜然（りんぜん）と発し、ちらりと長押（なげし）を見上げた。

そこには「鬼斬り国綱」が掛かっている。

――勘弁してくれ。

蔵人介は青剃りの月代を撫でまわし、嵐が過ぎるのを待った。

加州力士組

一

神楽坂、善國寺。

長月二十八日は毘沙門天の縁日、参詣客は色づきはじめた紅葉も観がてら、毘沙門堂へやってくる。

蔵人介も実父の叶孫兵衛に誘われ、境内にあらわれた。

孫兵衛は、ありもしない千代田城の天守を三十有余年も守りつづけた反骨漢。妻を早くに亡くし、御家人長屋で暮らしながら幼い蔵人介を育てた。

そして、蔵人介を旗本の養子にする夢を叶えたが、還暦を過ぎてから天守番の役目を辞し、侍身分まで捨て、神楽坂の横町にある小料理屋の亭主におさまった。おようという芸者あがりの女将に惚れたのだ。

「蔵人介、おぬしと毘沙門さんへ詣(もう)でるのも久方(ひさかた)ぶりじゃのう」

「二年ぶりですか。父上は毎月かならず詣でられるそうですな」

「金運を呼びこむ百足(むかで)小判を買(こ)うてこいと、女房どのがうるそうてな。正月の参詣だけではご利益が少ないらしい。ふん、拝んで金が貯まるなら、毎日でも拝みにくるわい」

「おようどのに憎まれ口を叩くとは、めずらしいですな」

「近ごろは喧嘩(けんか)もする。閑古鳥(かんこどり)が鳴いておるせいさ」

「致し方ござりますまい」

江戸は不景気の波に飲まれて久しく、人も物も動きが鈍い。

善國寺の境内には土産物屋や水茶屋が並び、奉公人たちは素見客(ひやかし)の相手に忙しい。

なかでも、男たちの熱い眼差しを浴びているのは、水茶屋『百足屋』の看板娘だ。

「ほれ、あそこじゃ」

孫兵衛が鼻の下を伸ばす。

「縹緻(きりょう)好しであろう。名はおなみ、年は十六じゃ」

「百足屋と申せば、ご朋輩の娘御が働いておりましたな」

「おしのか、まだおるぞ」

父親は山口勘助、十人目付配下の元黒鍬者頭であった。

疾うに隠居し、武士を捨てて、木地師になっている。

「良い椀をつくるぞ。すぐそこの藁店に住んでおってな、勘吉という八つの孫がおる」

「ほう」

「見よ、おしのが見世の表に出てきおったぞ。そのむかしは百足屋の看板娘じゃった。おなみなぞ足元にもおよばぬほどの縹緻好しでのう」

おしのには辛い体験があった。

力士くずれの通り者にからかわれ、相手にせずにいたところ、逆恨みを買い、別の日の夜、帰り道で待ちぶせされた。寂れた寺の境内へ連れこまれ、凌辱されたあげく、子を身籠もってしまったのだ。

「おしのは立派に子を産んだ。それが勘吉よ。父の顔を知らぬことが、かえって救いやもしれぬ。手習いでは群を抜いて呑みこみが早いと、爺さまは自慢しておったわい」

蔵人介は、少し重たい気分になった。

鐵太郎も八つ、孫兵衛にとっては初孫だけに本心では逢いたいはずだが、自分の口から逢いたいとは言いだせずにいる。

養子に出したさきの矢背家は、いかに貧乏とはいえ直参旗本、元御家人の孫兵衛にとっては敷居が高すぎる。遠慮せずに訪ねてほしいと頼んでも、頑固な元天守番は聞く耳をもたなかった。

「ちと、寄ってまいろう」

ふたりは水茶屋に足を向けた。

「おいでなされませ」

看板娘のおなみが会釈をし、ふっくらした頰をほんのり染める。

わずかに遅れて、襷掛け姿のおしのが奥から顔を出した。

「あら、孫兵衛のおじさま」

「よう、精が出るのう。勘助はどうしておる。ぎっくり腰をやったと聞いたが」

「おかげさまで、すっかり治りました」

「それなら、快気祝いをせねばなるまい」

「お誘いはありがたいのですけれど、おとっつぁんには教えられませんよ。だいいち、ぎっくり腰は酔って転んでやっちまったんですからね」

「おっと、そうだった。忘れるところじゃ」

おしのは濡れ雑巾で床几を拭きながら、ちらりとこちらを見た。

「あの……お武家さまはどちらさまで」

蔵人介は水を向けられ、ぎこちなくお辞儀をする。

孫兵衛が胸を張った。

「紹介しよう。こちらはお旗本のお殿さまじゃ」

「ひょお、まことですか」

おしのはびっくりして、壁に背をついた。

「かしこまらずともよい。お殿さまは気さくなお方じゃ。御公儀の鬼役をつとめておられてな」

「鬼役」

「ふふ、知らぬのか。お毒味役のことじゃ」

「まあ、怖い。命懸けのお役目ではござりませぬか」

「案ずるな。鬼役どのの胃袋は鉄でできておる。毒を盛られても、容易には死なぬ」

「まことですか」

「ふは、真に受けたな」

「まあ、からかったのですね」

「そうじゃ。鬼役どのはな、養子に出したわしの子なのさ」

「へえ」

おしのは目を丸くさせ、蔵人介の顔を穴があくほどみた。

「わしに似ておるか」

「いいえ、ぜんぜん」

「ふっ、正直者め。こやつに団子でも食わしてやってくれ」

「かしこまりました」

おしのはそそくさと奥へ引っこむ。

孫兵衛は目をほそめ、その背中を見送った。

「よし、蔵人介、わしは百足小判を買うてくる。御祓いも済ませねばならぬでな、団子でも食いながら待っておれ」

「はあ」

孫兵衛が去ると、おしのが餡入りの団子と緑茶を運んできた。

「仲がおよろしそうで、羨ましいですね」

「あんなに嬉しそうなおじさまの顔、みたこともありませんよ。あの、お孫さんは
いらっしゃるのですか」

「八つの坊主がおる」

「まあ、うちもいっしょです」

「事情があって、父とはあまり逢えぬのだ」

「そうですか。詰まらないことを訊いてしまいました」

「気にせんでくれ」

「はい」

おしのはまた奥へ引っこみ、蔵人介は床几の端にひとりぽつねんとのこされた。

二

客はひっきりなしに出入りしているので、おしのたちは忙しなく立ちはたらかねばならなかった。

百足小判を買いにいった孫兵衛は、なかなか戻ってこない。

やがて、騒々しい一団がやってきた。

巨漢ばかり五人、見ればすぐにそれとわかる力士たちだ。

風体から推すと、通り者ではない。

大名お抱えの力士であろうか。

仙台伊達家や加賀前田家など裕福な藩は、かならず力自慢の力士を抱えている。

「ここは看板娘がおるという水茶屋か」

鬢の反りかえった巨漢が大声を張りあげた。

丈は六尺五寸（約一九七センチ）、重さで四十五貫目（約一六九キロ）はあろう。

あまりに大きすぎ、見世が狭苦しく感じられた。

客は怖れをなし、床几からさっといなくなる。

「おいでなされませ」

おなみは蒼白な顔でお辞儀をした。

「ほほう、評判に違わぬ縹緻好しではないか。よし、注文してやる。こっちへ来い」

行きかけたおなみを、おしのが制する。

「待って、わたしが行くから」

つっと足を運び、しゃっきりした口調で注文を訊く。

巨漢力士は派手な浴衣の襟を開き、ぺっと唾を吐いた。

「年増め、しゃしゃり出るな」

「あの娘をいじめないでくださいまし」

「いじめる気などないぞ。わしらは通り者とはちがう……ふふ、よくよく見れば色気のある年増ではないか。よし、おぬしでいい、酒をもってこい」

「お酒は置いてござりませぬ」

「なに、酒がないだと。加賀前田家の手木足軽に飲ませる酒はないと申すのか」

加賀の手木足軽と聞いて、蔵人介は合点した。

手木足軽は藩邸の造園や参勤交代時の荷運びなどを役目とする。五十貫目（約一八八キロ）の石をもちあげ、八十貫目（約三〇〇キロ）の石を背負う力自慢たちで、多くは前田侯お抱えの相撲取りであった。

そうした手木足軽が徒党を組み、家光の時代に跋扈した旗本奴のように、寺社境内や盛り場で乱暴狼藉をはたらいているとの噂は聞いていた。

「わしは紫電為五郎。相撲番付にも載っておる有名人ぞ。年増、なんでもよいから酒をもってこい」

すでに、巨漢どもはかなり飲んでいる。

酒臭い息が見世じゅうに充満していた。

「難癖をつけるのはおやめください。お酒は置いてないんですから」

「あんだと」

紫電はずいと踏みだし、嫌がるおしの腕を取ろうとした。

「おやめください。毘沙門さんがみておられますよ」

「ふん、毘沙門がどうした。ただの木像であろうが」

「罰があたります。前田さまの御家中なら、少しは礼儀をわきまえたらいかがです。通り者のような狼藉は許しませんよ」

「あんだと、この女」

怒りあげる手下のひとりを、紫電は制した。

「力丸、座っておれ」

「は」

力丸と呼ばれた大男が座ると、紫電はおしのに微笑みかけた。

「胸のすくような啖呵だのう。おぬし、武家出身のおなごか」

「それを訊いてどうなさるのです」

「ふん、気の強いおなごだのう」

蔵人介は、おしのの勇気に感服していた。

だが、悠長に構えていたのがまずかった。

「この年増め」

突如、紫電が丸太のような腕を振りまわし、おしのの横面を叩いた。

「あ」

止める暇もない。おしののからだは吹っとんだ。

壁に頭を打ちつけ、動かなくなってしまう。

蔵人介は駆けより、華奢な肩を抱きあげた。

「おい、しっかりせい」

息はしているが、意識は戻らない。

「おしの」

「姐さん」

奥からも、見世の親爺や奉公人たちが飛びだしてきた。

紫電は動ぜず、低い声で威しあげる。

「自業自得じゃ。手木足軽を面罵した女のほうに非がある。不浄役人に訊かれたら、そうこたえるのだぞ。さもなければ」

紫電は仲間の巨漢どもに目配せする。

「うおおお」

力丸以下の巨漢どもが、雄叫びをあげた。

見世じゅうの床几をひっくり返し、板戸や壁をぶちこわしていく。

塵芥（じんかい）が濛々（もうもう）と舞うなか、紫電が親爺の首根っこを押さえつけ、見世の内外をぐるりと睨（ね）めまわした。

「余計な口出しをいたせば、鶏のように絞めてやるからな。おぬしら、夜道を歩けぬようになるぞ」

蔵人介はおしのを腕に抱いたまま、巨漢どもを睨みつけた。

孫兵衛がこの惨状を目にしたら、腰を抜かすであろう。

しばらくして、十手（じって）を翳した廻り方の同心があらわれた。

「こら、何をしておる」

「おう、これはこれは、お役人。われらは加賀前田家の手木足軽でござる」

「加賀前田……ご陪臣（ばいしん）か」

「さよう。陪臣に縄を打つことはできまい」

紫電の迫力に気圧(けお)されつつも、同心は声を振りしぼる。

「事と次第によりますぞ。なぜ、下女を撲(なぐ)ったのでござるか」

「大勢のまえで愚弄(ぐろう)されたのよ」

「まことでござりますか」

「嘘など吐くものか。本来なら刀を抜くところを抑え、こづいてやっただけのはなしだ。疑うようなら、ここにおる野次馬どもに訊いてみるがよい」

紫電に睨めつけられ、みな、下を向いた。

むっつり押し黙り、異を唱える者もいない。

そこへ、町医者があらわれ、奥に駆けこんでいった。

おしのは意識が戻らぬまま、褥(しとね)に寝かされている。

「ほうれみろ、誰ひとり女の肩をもつ者はおらぬわ。ふん、腰抜けどもめ」

巨漢どもは去りかけた。

「待て」

蔵人介が鋭く叫ぶ。

「お役人、非はそやつらにある」

「あんだと」

目を剝く紫電を抑え、同心が尋ねてきた。

「失礼ながら、そちらは」

「本丸御膳奉行、矢背蔵人介」

「げっ、お毒味役さまであられますか」

同心は相手が目上の旗本と察し、深々と頭を垂れる。

「今日は非番でな。毘沙門さんを詣でに来たら、とんだ無頼漢どもに出くわしたというわけだ」

「なるほど」

「非は手木足軽たちにある。ことに、紫電為五郎なる不届き者、厳しく罰せられて然るべきであろう」

「かしこまりました。されば、口上書きを頂戴致しますので、奉行所までご同道願えましょうか」

「まいろう」

紫電は憤懣やるかたない。

血走った眸子で、蔵人介を睨めつける。

そして、同心の面前へ、覆いかぶさるように迫った。

「不浄役人め、われらに縄打てば、どうなるかわかっておろうな」

「縄は打ちませぬ。御藩邸にて御沙汰（ごさた）をお待ちくだされ」

「どんな沙汰があると申すのだ」

「下女の生死にもよりましょう。ほとけにでもなるようなら、応分の罰を受けていただかねばなりますまい」

「ふん、莫迦らしい」

紫電は憤然と言いはなち、磐（いわ）のような背中を向けた。

三

藁店（わらだな）。

その夜遅く、おしのは死んだ。

蔵人介と孫兵衛も、いまわに立ちあった。

おしのはいちど意識を取りもどし、父親の勘助に「ごめんね、ごめんね」と謝った。

謝る理由を質してもこたえは得られず、おしのは二度と目を覚まさなかった。

八つの勘吉は母親の亡骸に縋りつき、いくら引きはがそうとしても頑として受けつけなかった。

遺体の顔は、ひどく腫れていた。医者によると頬骨が折れていたらしく、あおぐろく変色した目の周辺は白粉で塗ってあった。

蔵人介は自身を責めた。

そばにいながら、何もしてやれなかったことが口惜しい。

なぜ、素早く助けにはいらなかったのか、悠長に構えていた自分が不甲斐なかった。

手木足軽たちへの恨みも増していった。

紫電為五郎という名が忘れられない。

「許せねえ」

勘助も拳を固め、繰りかえしつぶやいた。

この一徹者は岩のように、ごつごつと世間とぶつかりながら生きてきた。

黒鍬者頭を辞めたのも、上役と反りがあわなかったからだと聞いた。

そんな父親を、娘は健気に支えつづけた。

「おしのは孝行娘だった」

隣近所の誰もが、それを知っている。

慟哭（どうこく）する父親のすがたは、通夜に集まった者たちの胸を締めつけた。

それにしても、なんという不運なめぐりあわせであろうか。

おしのは力士くずれの通り者に凌辱され、子を孕（はら）まされた。

おしのに引導（いんどう）を渡したのも、加賀藩お抱えの力士たちであった。

「許せねえ」

という父親の台詞には、怨念が込められている。

「勘助、ここは我慢ぞ」

孫兵衛は叱るように慰めた。

「紫電は首を斬られるにきまっておる」

「何を言うか」

勘助の怒りはおさまらない。

「首なぞ斬らせまいぞ。この手で引導を渡してやる」

「勘助よ。ほとけのまえで物騒（ぶっそう）な台詞を吐くな。おぬしは、孫をしっかり見守ってやらねばならぬ」

「くうっ」

「さあ、おしのを懇ろに弔ってやろう」

「う……うう」

蹲る友の背中を、孫兵衛がさすってやった。

「おしの、おしの……」

勘助は畳を這い、変わりはてた娘の顔を抱えこんだ。

「……わしに、もっと堪え性があれば」

役目を辞さずに済んだ。侍のままでいられたかもしれぬ。

おしのもきっと、然るべきところに嫁いでくれたはずだ。

「わしのせいで、おしのは死んだ」

「そうやって自分を責めるな」

「うるせえ」

もはや、孫兵衛には慰めようもない。

紫電の処分がどうなるのか、蔵人介は確かめねばなるまいとおもった。

四

翌日、登城した蔵人介は「譴責部屋」に呼ばれた。

呼びつけた相手は小納戸頭取の中野清茂、碩翁という隠号で知られている。

隠居してからも職禄千五百石の重職に留まり、中奥を取りしきっていた。公方の寵愛厚いお美代の方の養父でもあり、一部では「影の老中」などと囁かれている。

碩翁から厳しく叱られる溜部屋が、御膳所の者たちに「譴責部屋」と揶揄されているのだ。

秘密めいた狭い部屋を訪ねてみると、碩翁のかたわらに堂々とした体軀の陪臣が控えていた。

「こちらは加賀藩御留守居役、萩尾調所どのじゃ。矢背蔵人介、呼ばれた理由はわかっておろうな」

「いいえ、いっこうに」

「なんじゃと。とぼけるのか」

「とぼけてなどおりませぬ」

「神楽坂上、毘沙門堂の水茶屋にて下女が殴打された件じゃ。おぬしはその場に居合わせたのであろうが」

「いかにも、おりました。おしのというおなごが加賀藩の手木足軽に撲られ、昨晩、息を引きとりましてござります」

「なんと、死んだか」

碩翁が目を剝き、膝を寄せてくる。

蔵人介は畳に手をつき、頭を垂れた。

「哀れな最期でござりました」

「さようか。ま、それはそれとして。おぬしは廻り方にしたがい、数寄屋橋の南町奉行所に出頭し、お手木のほうに落ち度があると言上したそうだな」

「見たままを申しあげました」

「それよ。おぬしが前言を覆さぬかぎり、紫電とか申すお手木は罪を免れぬ」

「首を斬られて然るべきかと存じまするが」

「そうやって、目くじらを立てるな。お手木どもの日ごろの行状、知らぬわしではないわ。されど困った。紫電だけは別じゃ。なんとか救う手だてを考えねばならぬ」

「お待ちくだされ。なにゆえ、不逞（ふてい）の輩（やから）を救わねばならぬので」

「前田加賀守斉泰（なりやす）さまお気に入りの力士なのじゃ。首は斬れぬ。ゆえに、こうして御留守居役どのもご足労（そくろう）なされておる」

なるほど、前田侯の正室（せいしつ）溶姫（ようひめ）は、お美代の方の長女であった。溶姫の産んだ長子犬千代丸（いぬちよまる）は、次々期将軍の候補にもあげられており、碩翁と加賀前田家は切っても切れない間柄にある。

が、蔵人介にとっては、あずかり知らぬはなしだ。

萩尾は八の字眉をさげ、畳に手をついた。

「矢背どの、このとおりじゃ」

加賀百万石の留守居役に手をつかれて、平常心でいられる平侍（ひらざむらい）はおるまい。

「何卒（なにとぞ）、穏便（おんびん）に頼む」

「どうしろと仰るので」

「されば、町奉行所の吟味方（ぎんみかた）にたいし、紫電の無実を訴えていただけぬか。下女のほうに非があったと、ひとこと述べてくれればよい」

「前言をひるがえすのは武士の恥にござる」

そもそも、紫電を許す気は毛頭ない。

「そこをまげて頼む。礼ならいくらでもしてさしあげる」

萩尾は尻のほうから三方を取りだし、袱紗を払ってみせた。

「見てくれ、五十両きっかりある」

碩翁が片眉をひょいとあげ、物欲しそうな顔をする。

「どうであろうな、足りぬとあれば追加いたす。の、矢背どの、このとおりじゃ」

「萩尾さま、お手をおあげくだされ。さようなおはなし、受けられませぬ」

「なに」

顎をはずしかける萩尾を制し、碩翁が怒鳴った。

「鬼役風情めが。わしの顔を潰す気か」

「めっそうもございませぬ」

蔵人介は、平蜘蛛のように平伏した。

「碩翁さま、よくよく、お考えくださりませ」

「なに」

「市井に暮らすおなごがひとり、理不尽な死を遂げたのでござりますぞ。おしのは、かつて黒鍬者頭をつとめた人物の娘御にござります」

「な、幕臣の娘か」

「はい」

「ふうむ」

じっと考えこむ碩翁を、萩尾は不安げにみつめた。

蔵人介は、ここぞとばかりにたたみかける。

「おしのは殺されたのでござる。紫電に卑劣（ひれつ）な行為の償いをさせぬと申されるならば、加賀守さまは満天下に大恥を晒すこととなりましょう」

「なんと無礼な」

「無礼を承知で申しあげております。紫電為五郎を生かせば、加賀百万石の名が泣きますぞ」

萩尾は蔵人介の剣幕に威圧され、握った拳を震わせはじめる。

碩翁は沈黙し、奥歯をぎりっと嚙んだ。

「元幕臣の娘とはな。これは容易なはなしではない。矢背蔵人介、追って沙汰いたす。退（さ）がってよい」

「はは」

蔵人介が部屋を出ると、二匹の古狸は膝詰めで良からぬ相談をしはじめた。

五

翌朝、朝餉の毒味を済ませたあと、蔵人介は退城を許された。

毒味御用で御酒を飲んだせいか、からだが少し火照っている。

「父上はどうしておられようか」

孫兵衛の様子が気になったので、神楽坂に足を向けてみた。

坂の途中で横道に逸れ、木犀の香る甃の小径を進む。

武家屋敷と花街が背中合わせで並び、小径を抜けたさきは軽子坂に通じている。

情緒ある横町の一隅に、四つ目垣に囲まれた瀟洒なしもた屋は建っていた。

玄関の板戸をみやれば「忌中」の紙が貼ってある。

「なんだこれは」

板戸を敲いた。

「ごめん、誰か、誰か」

「お待ちください。どちらさまでしょうか」

潜り戸から、艶っぽい顔が差しだされる。

「あ、御納戸町のお殿さま」

女将のおようであった。

年は五十を超えている。

柳橋の芸者だったというだけあって、相当な美人だ。

「おようどの、ご無沙汰しておりまする」

「こちらこそ。さ、どうぞ」

鰻の寝床のような内部に導かれ、いつもの席に座った。

「おようどの、父上は」

「藁店へご焼香に行かれました」

「忌中の貼り紙は、勘助のためですか」

「ええ。自分の娘を亡くしたようなものだからと」

おようは涙ぐみ、ぐすっと洟水を啜る。

「そうでしたか」

「お燗の仕度をいたしますね」

「かたじけない」

燗酒が出され、おようと差しむかいになる。

酒は満願寺の下りもの、肴はいつもどおり、ちぎり蒟蒻の煮しめとあんかけ豆腐だ。

「鯊の煮つけはいかがです」

「いただきましょう」

平皿に鯊が載せられてきた。

箸をつける。

「美味い」

「旬ですからね」

魚がなくなっても、煮汁を飯にかけ、かっこみたくなる。

おようはそれと察し、さり気なく白飯を一膳つけてくれた。

志乃や幸恵に、爪の垢を煎じて飲ましてやりたい、などと大それたことを空想しつつ、すっかり飯を平らげる。

孫兵衛は暗くなるまで、帰ってきそうになかった。

勘助とともにおしのを偲び、飲みあかすつもりなのだろう。

飯を食ってからも、蔵人介はけっこうな量を飲み、午過ぎに見世を出た。

神楽坂から御納戸町までは、さほど遠くもない。

藁店の端を抜け、大小の坂道をたどってゆく。

くねくねと曲がった鰻坂までやってきたとき、四人の巨漢力士に道をふさがれた。

「毒味役め、みつけたぞ」

毘沙門堂の水茶屋で目にした手木足軽たちだ。

大将格の紫電はいない。

「わしは能登錦力丸、少しは名の知られたお手木よ」

「何か用か」

「見るがいい。どうじゃ、太い二の腕であろうが。土俵のうえでな、何人もの大男に怪我を負わせてきた腕じゃぞ」

「威しか」

「おぬしがいらぬことを吐いたせいで、加賀のお手木が大恥を掻いた」

「非はそっちにある」

「おぬし、鬼役と呼ばれておるそうじゃな。御納戸町の狭苦しい平屋を眺めてきたぞ。偉そうに、旗本というても、たかが二百俵取りの貧乏侍じゃろうが」

「それがどうした」

「わしが怖くないのか」

能登錦は隆々(りゅうりゅう)とした肩をそびやかし、太い腕を突きだす。

「ほれ、どうじゃ」

「いっこうに」

「ふん、強がっておられるのも今のうちよ。腕の一本も折られれば、泣いて許してほしいと懇願するにちがいない」

「わしの腕を折るのか」

「ああ。そのうえで藩邸に連れていく。足軽長屋の隅に南天桐(なんてんぎり)の大木が植えてあってな、罪人は後ろ手に縛って吊るされるのさ」

正直者が罪人扱いか。

蔵人介は失笑を禁じ得ない。

「お手本を愚弄する者は、重罪人に仕立ててやる」

「悪いことは言わぬ、やめておけ」

「あんだと」

「おぬしはわしに、指一本触れられぬ」

蔵人介は、こきっと首を鳴らした。

「ほほう、腰の肉切り庖丁、少しは使えるようだな」

「わしは居合をやる。おぬしを斬ったところで一文の得にもならぬが、どうしてもと言うなら斬ってやる」

「鬼役め、舐めんなよ」

能登錦は腰を落とし、四股(しこ)を踏みはじめた。

どしん、どしんと足が地につくたびに、地響きを感じる。

三人の仲間たちは、唇(くち)もとに笑みを浮かべていた。

能登錦が負けるはずはないと、頭から決めてかかっている。

蔵人介は前胴を晒して佇(たたず)み、静かに言いはなつ。

「加賀のお手木と申せば、むかしは加賀鳶(かがとび)ともども男伊達(おとこだて)を競ったものだが、ずいぶん堕(お)ちたものよの」

「うるせえ」

能登錦は身を屈め、土を蹴った。

「おりゃああ」

喚(わめ)きあげ、頭から突進してくる。

蔵人介はすっとからだを開き、水も溜まらぬ勢いで抜刀した。

白刃が半月の弧を描く。

「そい」

つぎの瞬間、刀は鞘に納まっていた。

巨漢の元結いがぷつっと切れ、ざんばら髪が肩に垂れる。

「うおっ」

能登錦は尻餅をつき、仲間はびっくりして仰けぞった。

「下郎」

蔵人介は膝を繰りだし、瞬時に抜いてみせる。

物打ちをびゅんと振り、相手の鼻面に切先を翳した。

「ひえっ」

「鼻を殺ぎ落としてやろうか」

「や、やめてくれ」

「ふん、口ほどにもないやつめ」

「もう、手出しはせぬ。堪忍してくれ」

「消えろ。つぎに逢ったときは、首を落とすぞ。落とされる覚悟があるなら、掛かってこい」

「ひ、退け」

力士どもは尻をからげ、一目散に逃げていった。

六

翌日は夜が更けてから、雨がしとしと降りだした。

ひとり眠れずにいると、廊下に人の気配が立った。

鐵太郎は隣で寝息を立て、幸恵(めぐ)は向こうに寝返りを打つ。

蔵人介は起こさぬように蒲団を捲り、跫音を忍ばせて襖を開ける。

廊下に出ると、玄関寄りの片隅で、用人の串部がお辞儀をしてみせた。

自邸なのに抜き足差し足で近づき、低声(こごえ)で囁きかける。

「どうしたのだ」

「は、神楽坂のお父上がお見えです」

「なに」

よほどのことでもないかぎり、孫兵衛が屋敷に訪ねてくることはない。

足早に玄関へ向かうと、孫兵衛が三和土のうえで萎(しお)れた茄子のように項垂(うなだ)れている。

「父上、どうなされた」

「おう、蔵人介。じつはな……じつは、勘助のやつが死におった」

「なんですと」

黒鍬者に化けて本郷の加賀藩邸に潜入し、手木足軽の長屋に斬りこみをかけたのだという。そして、足軽数人に手傷を負わせたあげく、藩士たちに捕縛され、たいした詮議もなしに斬首された。

「つい今し方、加賀藩のお手木どもが、莚にくるんだ屍骸を藁店の木戸脇に捨てていきおったわい」

それだけではない。手木足軽の一団は担いできた丸太や大槌を振りまわし、藁店を跡形もなくぶちこわしていった。

「まことですか」

「ああ、この目で見た」

孫兵衛は勘助のことが心配で、ちょうど、藁店の部屋に居合わせた。

手木足軽たちは怒りにまかせ、木戸門の柱まで叩き折っていったらしい。

「貧乏人の多くが家を失った。それでも、長屋の連中は口を噤むじゃろう。逆らったら何をされるかわからぬからのう」

恐怖が先に立って、何ひとつ訴えられないのだ。

「泣き寝入りですか」

「無論、わしはちがう。痩せても枯れても、元幕臣じゃからのう。勘助の弔い合戦をするつもりじゃが、如何(いかん)せん、からだが動かぬ」

そこで、蔵人介に助っ人を頼もうとやってきたのだ。

「どうじゃ、やってくれまいか」

「お気持ちはわかります。されど、策もなく闇雲(やみくも)に飛びこめば、犬死にするだけのはなしでござる」

「わしもそうおもう。やるからには、きっちりやり遂げねばならぬ」

弔い合戦もさることながら、蔵人介は、母につづいて祖父までも失った哀れな幼子のことをおもった。

「父上、勘吉はどうしております」

「わしが預かった。おようのもとにおる」

「さようでござりますか」

「くそっ」

孫兵衛は、口惜しそうに顔をゆがめた。

「勘助の屍骸はな、三つに分かれておったのじゃ。胴と首を断たれてのう」

横合いから、串部が口を挟んだ。

「それは、生きつり胴にござりましょう」

「生きつり胴じゃと」

「はい」

不義密通を犯した罪人などの見せしめにおこなう、加賀藩独特の処刑方法らしい。

罪人を後ろ手に縛り、大きな木の上から吊るす。

「首斬人がそばに近づき、まず胴を一刀両断にし、重い頭が前に倒れたところを狙って、間髪容れずに首を断つのでござる」

「陰惨な手法じゃな」

一連の流れで胴と首を断つ手練の技、それが加賀藩に伝わる生きつり胴なる処刑方法なのだという。

生きつり胴を得手とする斬首人の名を、蔵人介は耳にしたことがある。

串部が言った。

「殿、伊刈庄兵衛にござりましょう」

「さよう。存じておるのか」

「験技(ためしわざ)をいちど目にしたことがございます。並みいる雄藩のなかでも屈指の剣客との触れこみでござったが、伊刈庄兵衛は正真正銘の本物。据物(すえもの)斬りでは右に出る者はございますまい」

「ふむ」

ともあれ、勘助は後ろ手に縛られ、伊刈の手で三つに斬られた。

「まるで、鮟鱇(あんこう)の吊るし切りではないか」

孫兵衛は涙を溜め、声を震わせた。

と、そこへ。

物音を聞きつけたのか、志乃が手燭(てしょく)を翳してあらわれた。

「あ、大奥さま」

孫兵衛はその場に平伏(ひれふ)してしまう。

「お手をおあげなされ。久方ぶりにござりますなあ」

「は」

「おはなしはお聞きしましたよ。ご朋輩を亡くされた孫兵衛どののお気持ち、志乃にもようわかります」

蔵人介の眉間に皺が寄った。

「養母上」

「蔵人介どのも水臭い。ひとこと相談があって然るべきでしょう」

「申し訳ございませぬ」

「討つべき敵は前田家のお手木どもだとか。ずいぶんむかしのおはなしになりますけど、庭石に手を掛けてもらうと縁起が良いというので、お手木たちを屋敷に招いたことがありました」

「ほう」

そんなはなしは、蔵人介もはじめて聞いた。

「加賀のお手木はむかしから、気っ風の良い力持ちと評判の者たちでした。それが、近ごろはちがってしまったのですね。嘆かわしいことです。孫兵衛どの、迷惑でなければ、わたくしもお手伝い致しましょう」

「え、志乃さまが」

「このような年寄りでは、あてになりませぬか」

「と、とんでもございませぬ。志乃さまは雄藩奥向の剣術指南役までつとめられたお方。助太刀していただければ勇気百倍……されど、お願いしてよいものかどうか」

「ご遠慮なされますな」

「黙らっしゃい。長押の鬼斬り国綱は飾りにあらず。相手が巨漢力士だろうが化け物だろうが、斬りきざんでくれようほどに」

「へへえ」

孫兵衛は志乃の迫力に圧され、三和土に額ずいてしまった。

蔵人介は渋い顔で、串部と顔を見合わせる。

志乃を暴走させてはなるまい。

七

朝になると、雨脚は強くなった。

志乃は仏間に籠もったきり、食事もとらずにいる。

いざというときに備え、断食でもしているのだろうか。

心配になったが、仏間には踏みこめない殺気がわだかまっていた。

昼餉を済ませたころ、加賀藩からの使いと称する老臣が小者ひとりをともなってあらわれた。

「拙者、前田家露地奉行、尾花帯刀と申す者、御膳奉行どのにお取りなしいただきたい」

全身ずぶ濡れの体で、横柄な口を利く。

あきらかに、不愉快きわまりない役目を押しつけられたという態度だ。

さっそく座敷へ通すと、濡れた恰好のまま上座にどっかり腰を降ろす。

幸恵が茶を淹れてきた。

「さ、どうぞ」

「では、遠慮なく」

尾花は口を湿らし、ぎろっとこちらを睨む。

蔵人介のほかに、串部が下座に控えていた。

何かあれば、串部はすぐにでも斬りかかる覚悟でいる。

本人が「鎌髭」と名付けた同田貫が左脇に置いてあった。

「当藩留守居役、萩尾調所の命でまいった。お手木どもは拙者の配下にござる」

「さようで」

「毘沙門堂の水茶屋における一件、あれは拙者の配下に非がござる」

あっさり認められ、蔵人介は肩の力を抜いた。

だが、露地奉行のことばにはつづきがあった。

「昨夜、狼藉者がひとり当藩邸に断りなく闖入し、鈍刀を振りまわして配下の者数人に怪我を負わせた。幸い大事にはいたらなんだものの、捕まえてみれば、そやつは老い耄れの木地師、水茶屋の下女の父親であった。理由を問うてみれば、死んだ娘の敵討ちじゃと抜かす。殺せ、殺せと、気の狂いが生じたかのように喚きちらすゆえ、望みどおりにしてやったわ」

「なんだと」

「鎮まれ。事をこれ以上、こじらせるわけにもまいらぬ。喧嘩両成敗ということで手を打たぬか」

「拙者にどうせよと」

「これを、ご覧あれ」

尾花は風呂敷の包みを解き、筒状の桶を取りだした。

「首桶じゃ」

「なんと」

「失礼致す」

蓋を取ると、塩漬けの生首が露出した。

おもわず、目を背ける。

「矢背どの、とくとご覧あれい。加賀前田家の面汚しを成敗いたしたぞ」

「ん」

紫電為五郎ではない。

「それは」

「能登錦力丸じゃ。元凶はこの能登錦にある」

「妙なはなしではござらぬか。紫電の首ならいざ知らず、別人の首をもちこみ、事をおさめよとは、理不尽きわまりなき所業なり」

「詮方あるまい。神無月の七日に御公儀の御前相撲が催される」

「ご、御前相撲」

「わが藩からは、紫電が出るのよ」

なるほど、御前相撲への出場は藩の誉れ、前田侯のお抱え力士で、もっとも実力のある紫電を死なせるわけにはいかない。殿さまの機嫌を損ねたくない重臣どもとしては、苦肉の策を講じたつもりであろう。

「矢背蔵人介どの、拙者が能登錦の生首を抱えてきた真の理由、まだわかっておらぬようじゃな」

「真の理由」

「さよう。拙者はさきほど、喧嘩両成敗と申した。この能登錦力丸、痩せても枯れても加賀前田家の勤番にござる。そちらにも、それ相応の首を所望したい」

「なんだと」

尾花は片膝を立て、芝居じみた口調で吐いた。

「矢背どの、腹を切ってくだされい」

「ふはは、おもしろいことを抜かす」

「笑うたな」

「笑うしかありますまい」

「腹を切らぬと申すのか」

「あたりまえでござろう」

理不尽な要求を突っぱねると、尾花は首桶を蹴った。

大量の粗塩とともに、能登錦の生首が畳に転がった。

「されば、拙者が成敗いたす」

尾花は差料を拾いあげ、鯉口を切ろうとする。

串部も「鎌髭」に手を掛けた。

つぎの瞬間。

廊下の向こうから、たたたたと跫音が近づいてきた。

襖がたんと開かれ、白鉢巻きに襷掛けの志乃が鬼の形相で飛びこんでくる。

「下郎、控えい」

小脇に「鬼斬り国綱」をたばさんでいる。

「抜くのか、抜かぬのか、はっきりせい」

志乃は畳を踏みつけ、国綱を横薙ぎに薙いだ。

「いえい……っ」

「ぬはっ」

蔵人介と串部は首を縮め、畳に這いつくばる。

槍の穂先は尾花の鼻先で、ぴたりと制止した。

「鼻を殺ごうかえ。どうじゃ」

「ご……ご勘弁を」

「ふん、加賀百万石の家臣なら、ちっとは礼儀をわきまえよ」

「へへえ」

尾花は平伏し、股間を濡らしはじめた。

「ちっ、うつけ者め」

志乃は穂先を降ろし、蔵人介を睨みつける。

「早々に畳替えを」

捨て台詞をのこし、養母は悠々と去っていく。

さすが鬼の血を引く矢背家の女、尋常な気迫ではない。

蔵人介も串部も呆気(あっけ)にとられたまま、志乃の背中を見送った。

八

神無月七日、紅葉(もみじ)も見ごろとなった。

野山は菩薩を装い、木々は涼風にさざめいている。

江戸から東へ三里(り)(約一一・八キロ)余り、下総国(しもうさ)真間(まま)にある弘法寺(ぐほうじ)の境内には高さ五丈(じょう)(約一五メートル)にもなる楓(かえで)の名木が植わっていた。

これを眺めに、全国津々浦々から遊山客が集まってくる。

ただし、今日一日だけは、参詣客も門前払いを食らった。

寺の内外には十重二十重(とえはたえ)の人垣ができ、物々しい警固(けいご)の者たちで埋めつくされている。

境内の一角を占めているのは、将軍家斉の一行にほかならない。

家斉は巷間で「種馬将軍」だの「好色公方」だのと揶揄されるとおり、御殿女中に産ませた子の数は五十有余におよぶ。歴代将軍のなかでもとりわけ世情に疎く、天災や飢饉でどれだけ多くの人々が苦しもうとも、千代田城という鳥籠のなかで飽食の日々をおくっている。

が、時折、こうしてお忍びで遊山に出掛けてくる。

移動は駕籠だ。五十を過ぎてからは遠乗りもやめた。からだが重すぎて、馬の鞍にまたがるのがしんどいのだ。

川筋では舟も使った。真間へ通じる御成道は先触れによって通行止めにされ、お忍びとは名ばかりの仰々しい遊山行列となった。

しかも、側室のお美代の方が手古那神社に詣でたいと我が儘を言うので、煌びやかな女官の一行を同道させねばならなかった。

境内から見下ろせば、侘びた田園風景のなかに朱の鳥居がのぞいている。

手古那は奈良時代の美女、大勢の男たちに言いよられ、懊悩したあげく、入水した姫のことだ。

神社は安産祈願にご利益があるという。

家斉の子胤を頂戴しようと狙っているわけでもなかろうが、狡猾なお美代の方にはみずからの権威を内外に知らしめる意図があるにちがいない。

当然のことながら、家斉もお美代の方も飲み食いをするので、蔵人介は毒味役として随伴を命じられた。

供廻りのなかには、小姓組番頭の橘右近のすがたも見受けられる。

本日は楓の銘木以外にも、公方を喜ばせる趣向が用意されていた。

御前相撲である。

この十月場所から、勧進相撲は本所回向院のみで催されることが決まった。したがって、前哨戦の意味も兼ねているのだが、出場する力士は三人しかいない。

薩摩島津家お抱えの霧島、仙台伊達家お抱えの金竜山、そして、加賀前田家お抱えの紫電、いずれも大関級の力士たちだ。

すなわち、雄藩を代表する三藩お抱えの力士が総当たりで相撲を取る。一風変わった趣向であった。

無論、抱え主である三藩の殿さまも列席している。

家斉の正室にとっては実家でもある島津家当主は四十三歳の斉興（なりおき）、伊達家の当主は十七歳の斉邦（なりくに）、最後に前田家の当主は二十三歳の斉泰である。みな、家斉から諱（いみな）を一字貰っている。

蔵人介の目には、三人とも独（ひと）り立ちできないひよこにみえた。

急造された土俵の東正面には雛壇（ひなだん）が築かれ、家斉以下、殿さまたちが居並んだ。

毒味役の蔵人介は、呼ばれればすぐに参上できる土俵下、砂かぶりの位置に正座している。

家斉の背後には、公人朝夕人の土田伝右衛門が影法師のように控えていた。

橘右近は公方の命を伝える役目を課され、雛壇のすぐ脇に鎮座（ちんざ）している。

——どどん、どんどん。

陣太鼓（じんだいこ）が鳴り響き、力士たちが登場した。

紫電は丈六尺五寸（約一九七センチ）余に重さ四十五貫目（約一六九キロ）、三人のなかでも抜きんでて大きい。

みなの熱い眼差しが土俵に注がれるなか、蔵人介は別のことを考えていた。

相撲の勝ち負けに興味はない。

晴れの場で、紫電をどうやって懲（こ）らしめてやるか。

それだけを、何日も前から寝ずに考えていたのだ。

考えたすえ、詮方なく、公人朝夕人に助力を請うた。

「これより、御前相撲をとりおこないまする」

呼出が土俵に登場し、力士の四股名を読みあげた。

「ひがあし、金竜山、金竜山。にいし、紫電、紫電」

最初の取組は伊達家対前田家、力士は藩の面目を双肩に担っている。

面目を潰されまいと、応援するほうも必死だ。

ことに、前田斉泰は血気盛んな年ごろ、眸子を血走らせながら身を乗りだしている。

紫電への肩入れが尋常でないことは、すぐにわかった。

肝心の家斉はたいして関心もなさそうに、土俵に目を配っている。

いつものことだ。

眠たそうな眸子で政務をおこない、飯を食い、大奥の褥におもむく。

太鼓腹の突きでた姿態は、陰茎の干物が腎張り薬として知られる膃肭臍によく似ていた。

「はっけよい、のこった」

行司の軍配が返った。

骨の軋むような烈しいぶちかましにつづいて、金竜山が右手で咽喉輪を見舞う。

紫電はすかさず相手の手首をつかみ、これを引きはがすや、大きな掌でどんと胸を突いた。

金竜山は土俵際まで飛ばされ、組みついてうっちゃりに出たところを倒された。

決まり手は突き倒し、紫電の勝ちである。

やんやの喝采と落胆の溜息が交錯するなか、箒で土俵が掃ききよめられた。

二戦目は負けた金竜山と、島津家お抱えの霧島が闘った。

――がしっ。

強烈な立ちあいで優位に立った霧島が相手のまわしを引きつけ、下手投げで一気に仕留めてみせる。

こうなると、俄然、三戦目は盛りあがった。

勝ったほうが家斉から時服を頂戴する栄誉に浴し、江戸随一の四股名を轟かせることになるのだ。

「はっけよい、のこった」

双方は鋭い立ちあいから突きあい、組手のまわしを探りあった。

二戦目と同様、四つに組みあう。
と同時に、霧島が下手投げを打つ。
紫電は根が生えたように動じない。
逆しまに、豪快な上手投げを打った。
「ぬおっ」
霧島のからだが宙に浮く。
おもしろいように反転し、背中から土俵に落ちてゆく。
「天晴れ」
おもわず、前田侯は叫びあげ、親子ほども年齢のちがう島津侯に睨まれた。
紫電の圧勝である。
勝ち名乗りを受け、紫電は蹲踞の姿勢で息を整えた。
家斉は手にした扇子を翳し、無表情で上下に振る。
「近う寄れ、褒美を取らす」
小姓組番頭の橘が呼びかけた。
まわし姿の紫電が土俵を降り、汗みずくで近寄ってくる。
家斉は憮然とした表情のままだ。

下賜される褒美は、三方に載った時服一襲である。

「大儀」

ひとこと、家斉が発した。

刹那、ぽんと筒音が響き、中空に花火が舞いあがった。

「うわっ」

誰もが身を縮め、空を見上げている。

ただひとり、蔵人介だけがいるべき場所から消えていた。

紫電も佇んだまま、ぽかんと口を開けている。

と、そのとき。

蒼白い閃光が、まわしの脇を擦りぬけた。

だが、紫電は気づくべくもない。

「静まれ、静まれ、何事もない」

橘が凛然と発し、その場を収めた。

殿さまたちも家来たちも、動揺の色を隠せない。

家斉だけは泰然と構え、眉ひとつ動かさなかった。

「紫電、上様より褒美を頂戴せよ」

「へへえ」

橘に促され、紫電の巨体が近づいてくる。

つぎの瞬間、まわしがぱらりと落ちた。

本人は興奮しているせいか、気づかない。

いちもつを揺らしながら、家斉の面前へ進みでる。

失笑が洩れた。

「控えい、控えい」

橘が真っ赤な顔で、声をひっくり返す。

家斉は少しも驚かず、微動だにもしない。

紫電のいちもつをちらりとみやり、ふんと鼻を鳴らした。

背中を向けて雛壇から降り、駕籠のほうへ歩んでいく。

紫電はわけがわからず、その場にへたりこんだ。

「何をしておる」

前田斉泰の疳高(かんだか)い声が響いた。

「恥をかかせおって、この大うつけめ」

斉泰は雛壇から駆け降り、手にした扇子で紫電の頭を叩く。

ぼきっと、扇子が折れた。
家斉を乗せた駕籠が、ゆっくりと動きだす。
花火を打ちあげた公人朝夕人が、ぴたりと随伴していた。
――自業自得。
蔵人介は胸の裡(うち)でつぶやいた。

九

翌日、午(うま)ノ刻(正午)ごろ。
蔵人介は城から家路をたどり、浄瑠璃坂を登っていた。
人通りはさほど多くない。
ひょろ長い人影がひとつ、坂道をゆっくり下りてきた。
どちらからともなく、足を止める。
殺気を漲(みなぎ)らせ、男が近づいてくる。
「鬼役め、姑息(こそく)な手を使いおったな」
男が口を開いた。

「おぬしは」

「前田家介錯人（かいしゃくにん）、伊刈庄兵衛」

「ほほう、おぬしが勘助を葬った首斬人か」

「弘法寺にて、わが殿のおそばに控えておった。紫電のまわしを小刀で断った手並み、しかとこの目で見させてもらったぞ」

「それで」

「おぬしを放っておくほど、わしは人間ができておらぬ」

「わしを斬りにきたのか」

「ま、そういうことだ」

「藩命かな」

「さよう。弘法寺の一件にかかわらず、おぬしは死ぬ運命にあった」

「聞き捨てならぬな」

碩翁と留守居役の萩尾調所が「譴責部屋」で良からぬ相談をしていた。

蔵人介はその場面を思い出し、ぎりっと奥歯を噛んだ。

「坂下の稲荷明神まで、つきあってもらおうか」

「わかった」

蔵人介は頷(うなず)き、伊刈の背につづいた。

斬りかかろうにも、隙が見出せない。

ふたりは人気のない神社の境内に踏みこんだ。

御堂の裏手には、銀杏(いちょう)が黄金に色づいている。

蔵人介は一定の間合いを保ち、伊刈に質した。

「紫電はどうなった」

「無一文で放逐(ほうちく)されたわ。もろだしの紫電なぞと巷間で莫迦にされておる以上、ほかに召しかかえる藩とてあるまい。通り者になるしか、生きる道はなかろうて」

「生きておるだけましというものさ」

「どうかな。ついでに申せば、露地奉行の尾花帯刀どのも御役御免(おやくごめん)とあいなった。あの年で平侍に落とされた屈辱(くつじょく)は、おそらく、死に値しよう。ま、紫電にも露地奉行にも義理立てする気はないが、藩命なれば致し方あるまい」

伊刈は腰を決め、大刀の鯉口を切った。

「まいる」

「待て。これは尋常な勝負とはいえぬな」

「さよう、見届人(みとどけにん)はおらぬ。おぬしは誰にも知られずに死んでいくのさ」

「命じたのは、留守居役か」

「そうであったら、なんとする」

「斬らねばなるまい。さもなくば、おぬしのごとき刺客がまた送りこまれてくるやもしれぬ」

「ふふ、刺客はわしで仕舞いじゃ」

「どうかな。据物斬りは得手でも、動く的を斬ることができるのか」

「験してみるがよい」

にやりと笑い、伊刈は刀を抜いた。

刃長で二尺七寸（約八二センチ）はあろうか、腰反りの強い銘刀だ。

「津田越前守助広、六つ胴助広の異名で呼ばれる大業物よ」

「さすがは介錯人、刀を集めるのが趣味らしいな」

荒々しい波濤をおもわせる濤瀾刃には、生きつり胴で斬り捨てた罪人たちの恨みが血曇りともども消えずにのこっている。

「勘助とか申す爺のいまわを教えてやろう」

伊刈は助広を八相に構え、口端に冷笑を浮かべた。

「紅い実が鈴生りに実った南天桐に吊るされ、わしに命乞いをしおった。助けてくれ、助けてくれとな」

「嘘を吐け」

「嘘ではない。人間とは弱い生き物、死の間際で今生への未練がわきおこってくる。わしはそうした罪人を何人もみてきた。罪を犯すときは鬼も同然の無頼漢が、罰せられるときは兎のごとく震える。そうした連中をみると、反吐が出るのよ」

憤怒の剣が、妖しげに光っている。

蔵人介は、じりっと爪先を躙りよせた。

「なるほど、おぬしは居合を使うのだったな。されば、抜かせまい」

伊刈は滑るように身を寄せ、低い姿勢から水平斬りを仕掛けてきた。

「ふん」

間髪を容れず、中段の突きから袈裟懸けに斬り伏せてくる。

捷い。

蔵人介に抜刀の猶予を与えず、矢継ぎ早に仕掛けてきた。

「抜いて闘うか、抜かずに死ぬか。抜けば、居合の威力は半減する」

「理屈だな」

「せい……っ」

突きがきた。
これをなんとか躱し、蔵人介は銀杏の幹を背に抱えた。
黄金の葉っぱが一葉、舞うように落ちてくる。
伊刈の注意が逸れた。
一瞬の間隙を逃さず、柄の目釘を弾く。
――ひゅん。
八寸の仕込み刃が飛びだした。
と同時に、蔵人介は刀を黒鞘ごと帯から引き抜いた。
「いえい」
愛刀国次は槍と化し、伊刈の顔面に襲いかかる。
「ぬはっ」
鋭い刃が鬢を削った。
鮮血が飛ぶ。
凡庸な者なら、咽喉を貫かれていたところだ。
「仕込み刃とは、姑息な」
伊刈は体勢をくずしながらも、受けにまわった。

が、蔵人介は一瞬早く、懐中に飛びこんでいる。

「おぬしに恨みはない」

蒼白い刃が閃いた。

「だが、おぬしは嘘を吐いた」

「な、なに」

「山口勘助は海内一の一徹者。命乞いなどするはずはない」

肉を刳った刃が、肋骨の奥へ突き刺さる。

「ぬ……ぐ、ぐそっ」

伊刈は刀を手から落とし、正面からしがみついてきた。

両肩に爪を立てられ、蔵人介は顔をしかめる。

わずかに、からだを引いた。

介錯人は木偶人形と化し、ずり落ちてゆく。

みれば、左胸に深々と脇差が刺さっていた。

伊刈は全身を痙攣させ、すぐに動きを止めた。

宙をつかみ、もがくような恰好で死んでいる。

「南無」

蔵人介は経を唱えた。

閉じきらぬ介錯人の眸子には、今生への未練が滲んでいた。

十

一年でもっとも日が短い中十日、あっというまに陽が落ちてから、蔵人介は日本橋から神田川を越え、本郷へ向かった。

途中、天麩羅屋台を見つけて飛びこみ、景気づけに芋酒を呷る。

天だねは江戸前の鯊、鱚、穴子など、平串に刺して下味を付けたのを油で揚げ、甘ったるい汁につけて食う。いずれも四文だが、蔵人介は小柱と三つ葉と椎茸を衣にくるんで揚げた掻き揚げを頼んだ。

揚げたては美味い。

微酔い気分で屋台を離れ、小唄を口ずさみながら街道を進む。

気づいてみたら、加賀前田屋敷の赤門前に立っていた。

法仙寺駕籠が一挺、門脇で待っている。

潜り戸から、供人たちが出てきた。

つづいて、光沢のある羽織を着た頭巾頭があらわれる。
それが留守居役の萩尾調所であることは、すでに調べがついていた。
蔵人介は爪楊枝で前歯をほじり、天水桶（てんすいおけ）の陰に隠れて様子を窺う。
駕籠は萩尾を乗せ、威勢良く走りはじめた。
「あん、ほう、あん、ほう」
街道を逸れ、神田川に沿って東に向かう。
おおかた、柳橋の料亭にでも出向くのだろう。
加賀藩の留守居役ともなれば、接待漬けの毎日だ。
今宵（こよい）も、どこぞの商人からたっぷり賄賂を受けとる肚でいるにちがいない。
「残念だが、おぬしの命も今宵かぎりだ」
柳並木を横目にしながら、蔵人介は駕籠を追った。
駕籠脇に従う用人はふたり、いずれも加賀藩きっての剣客だろう。
筋違橋（すじかいばし）御門を過ぎたあたりは、広小路になっている。
といっても、古着屋が並んでいるだけで、夜になれば寂しいところだ。
「あん、ほう、あん、ほう」
広小路の端まで進んだとき、駕籠かきの声がぷっつり止まった。

「くせものめ、何者じゃ」

用人のひとりが、暗闇に向かって怒鳴りあげる。

蟹のような人影が躍りだし、蒼白い光が奔り抜けた。

「ぎゃっ」

「ぐえっ」

臑を刈られた用人たちが、地べたに転がった。

駕籠の垂れをはねのけ、頭巾頭が降りてくる。

「おい、何があった。誰か、誰か」

蔵人介は一歩一歩、落ち葉を踏みしめながら近づいた。

心は不思議なほど平静で、微塵の躊躇もない。

悪党に引導を渡す獄卒は、慈悲の欠片も抱かぬものだ。

留守居役は頭巾の下で、冷たい汗を掻いているだろう。

「何者じゃ、おぬしは……うっ、鬼役」

「いかにも。萩尾どの、拙者の命を狙わせましたな」

「なんの事やら、さっぱりわからぬ」

「なるほど、そう出ますか」

萩尾は目を剝き、唾を飛ばす。

「毒味役に斬られる理由などないぞ」

「いいや、ある」

「申してみよ」

「おぬしの面が気に食わぬのよ」

「なんじゃと」

「お役目もそこそこに、夜毎の接待漬けで私腹を肥やす。幕臣も陪臣もいっしょ、そうした輩が悪党でないはずはない」

「むう、言わせておけば」

「この世に言いのこしたいことがあれば、聞いておこう」

「おのれ」

萩尾は刀を抜いた。

と同時に、蔵人介が迫る。

旋風(つむじかぜ)が駆けぬけ、萩尾は小手を落とされた。

「ぬぎゃっ」

返す刀で、首も刎ねられる。

肥えた胴が血を噴きながら、どうっとひっくり返った。

十日夜の月は赤く、朧に霞んでみえる。

「殿、ご苦労さまにござりまする」

暗闇から、串部がすがたをみせた。

仕置きは、まだ終わったわけではない。

「ねぐらは見つかったか」

「はい。馬喰町は初音の馬場、阿弥陀堂のなかに」

「存外に近いな」

「今からまいりますか」

「そのつもりだ」

「では」

串部に導かれ、神田川を渡る。

冬風の冷たさが、身に沁みた。

初音の馬場は、早くも末枯れている。

阿弥陀堂は散り落ち葉に埋もれ、暗がりのなかで微かな灯火を閃かせていた。

今さら、跫音を忍ばせる必要もない。

さくさくと落ち葉を踏んで近づくと、堂内に殺気が膨らんだ。

観音開きの扉を開け、禿頭の巨漢がすがたをみせる。

月影に照らされた横顔には、捨てられた者の憤怒が滲みでていた。

「誰じゃ」

野太い声を洩らした主は、紫電為五郎である。

「おぬしを、生かしておくわけにはいかぬ」

蔵人介は吐き捨てた。

「誰じゃ。ん、おぬしは」

「さよう。公儀鬼役、矢背蔵人介」

「ぬははは」

「そんなに可笑しいか」

「これを笑わずして、何を笑う。飛んで火にいる夏の虫とは、おぬしのことよ」

「どうかな」

蔵人介は、だっと駆け寄せた。

紫電は堂宇のきざはしで身構えている。

初手で致命傷を与えねば、張り手一発で飛ばされるやもしれぬ。

「いや……っ」

蔵人介は抜刀した。

渾身の力を込め、分厚い胴を撫で斬りにする。

「ぬげっ」

紫電は腹を裂かれ、前のめりに倒れこむ。

すかさず、蔵人介はきざはしを登った。

「すりゃっ」

床を蹴りあげ、宙に舞う。

「とどめ」

大上段に振りかぶる。

丁子(ちょうじ)の刃文が煌めいた。

「ぐひぇ……っ」

国次の刃が一閃し、悪辣(あくらつ)な男の首を斬り落とす。

生首が、夜露に濡れた落ち葉のうえを転がった。

胴はふたつに離れ、きざはしの上と下に分かれている。

「これぞ、まさしく生きつり胴。お見事にござりまする」

串部が背後にかしこまる。

紫電は加賀藩の掟にしたがって裁かれた。

「父上、終わりましたぞ」

孫兵衛は友の孫を引きとったあと、信頼の置ける知人に託し、行く末を見守ると墓前に誓った。

無論、敵を討ったとて、死んだ者は生きかえらない。

だが、孫兵衛も少しは溜飲を下げてくれることだろう。

非業の死を遂げた父娘の無念を嚙みしめ、蔵人介は阿弥陀堂に背を向けた。

天保米騒動

一

小春日和の一日、蔵人介は家族そろって品川の海晏寺まで足を延ばした。

海晏寺といえば紅葉狩り、門前まで来てみると押すな押すなの混みようである。

「やれやれ」

蔵人介はうんざりしたが、志乃や幸恵は嬉しそうだ。

門前に並ぶ出店や楊弓場などを素見し、遊山気分を楽しんでいる。

混んでいるのがわかっていても、旬の行楽地へ行きたいという気持ちは、おなごのほうが強いらしい。

仲の良さそうな若い男女を眺めつつ、幸恵がおもむろに口を開いた。

「お義母さま。そういえば、市之進に縁談がもちあがりましてね」

「あら、そう」

「三十を過ぎても独り者、浮いたはなしのひとつもない。四角四面な徒目付のなかでもとりわけ融通の利かない実弟なれば、常日ごろより案じておりましたものの、ようやく良縁に恵まれそうです」

「お相手は」

「脇坂十郎左衛門さまの娘御で、錦どのにござります」

「脇坂さまと申せば、御目付衆ではござりませぬか」

職禄一千石、市之進からみれば雲上の差配者にほかならない。

聞けば、錦は出戻りの次女らしいが、重職にある大身旗本の婿ともなれば将来は約束されたも同然だ。

「牛のごとく鈍重な市之進もめずらしく乗り気でしてね。なんとかうまく運んでくれればよいのですが」

「そうねえ」

志乃はどうでもよいような返事をし、すたすた山門に向かってゆく。

幸恵は渋い顔になり、その背中を追いかけた。

蔵人介は鐵太郎を肩車し、最後尾からつづく。

山門を潜った途端、人の波に呑まれてしまった。

千貫紅葉や蛇腹紅葉はたしかに見事だが、拝観料を取ってみせる商魂が癪に障る。

しかも、ゆっくり愛でている余裕はない。

「早く進め、ぐずぐずするな」

と、後ろから催促される。

それでも、境内を一周したら、紅葉を満喫した気分になった。

「不思議なものだ」

おなごたちは土産を何にしようか、楽しそうに喋っている。

山門まで戻り、蔵人介は鐵太郎がいないことに気づいた。

肩車からおろし、ちょっと目を離した隙に消えたのだ。

門前の一角がなにやら騒がしい。

「子どもだ、子どもが人質に取られたぞ」

どきんとする。

志乃と幸恵が喋りながら追いついた。

「おや、なんの騒ぎでしょう」

志乃の声を背に受け、蔵人介は駆けだした。

行く手に楊弓場がある。

不審な男が子どもを楯にとって騒いでいるのだ。

「取りこもりだぞ」

「早く助けてやれ」

ざわめく人垣を掻きわけた。

「退け、退いてくれ」

蔵人介は血相を変え、楊弓場に躍りこむ。

「寄るな、一歩でも踏みこんでみろ」

初老の町人が出刃庖丁を振りかざし、的のそばで叫んでいる。

「この子を刺すぞ」

男は左腕で、鐵太郎をしっかり抱えていた。

「鐵太郎」

蔵人介が叫ぶと、かぼそい声が返ってきた。

「父上」

初老の男は怯んだ。

「おめえ、侍の子か」

「はい」

男は怯みつつも、出刃の先端で大太鼓の脇を指す。

「みろ、近づいたら、ああなるぞ」

矢取女が胸に矢を突きたて、苦しげに呻いている。

蔵人介は爪先を躙りよせた。

「落ちつけ」

「うるせえ」

「頼む、子どもを放してくれ」

「そいつはできねえ」

「いったい、何が望みだ」

「美濃屋をここに連れてこい」

「美濃屋とは」

芝口にある米問屋仲間の肝煎りらしい。

「主人の仁吉を、今すぐここに連れてこい。そうしたら、この子を放してやる」

「美濃屋をどうする気だ」

「ぶっ殺してやる。つべこべ言わずに連れてこい」

誰かが、蔵人介の肩に手を置いた。

振り向けば、志乃が立っている。

「おどきなされ」

ずいと前に押しだし、静かな口調で男を諭す。

「わたくしは、その子の祖母です。孫をお放しくだされ」

男は出刃庖丁を振りあげ、首を左右に振った。

「だめだ。婆さんの頼みでも、そいつはできねえ」

「できぬと仰るなら、こちらにも考えがあります」

「なんだと」

「天罰がくだりますよ。それでもよいのですね」

志乃は舞踊でも披露するように、たんたんと足踏みをする。

小首をかしげ、袖を摘んで右手をすっともちあげ、天井の端を指差した。

つられて、男も顔をあげる。

刹那(せつな)、びんと弦音(つるおと)が響いた。

一本の矢が風を切る。

「ぎゃっ」

男は手首を射抜かれ、出刃を落とす。

鐵太郎が隙を衝き、左腕から擦り抜けた。

志乃の背後には、楊弓を手にした幸恵が佇んでいる。

「お見事、さすがは幸恵さん。小笠原流弓術免許皆伝のお手並み、とくと拝見させてもらいましたよ」

「ありがとうございます、お義母さま」

「母上」

鐵太郎が幸恵の胸に飛びこんでくる。

周囲から拍手喝采がわきおこった。

「いけません」

志乃が鐵太郎の襟首を引っぱり、頬を張ってみせる。

幸恵の眉間に縦皺が寄った。

「お義母さま、何をなさるのです」

「幸恵さん、甘やかしてはいけませんよ。人質にされた理由を、鐵太郎にきちんと説明させなさい」

「そんな」

姑と嫁が睨みあい、火花を散らしはじめる。

鐵太郎はどうしてよいかわからず、俯いて涙をこぼした。

「あっ、男が逃げるぞ」

初老の男が手首に矢を付けたまま、裏口に駆けてゆく。

「待て」

蔵人介も駆けだした。

裏口から飛びだすと、男が古井戸の脇に立っている。

「み、見逃してくれ……て、手前には、やりのこしたことがある」

「なんだと」

「どうか、後生です」

懇願され、蔵人介は顎を撫でた。

男はそっと後ずさりし、抜け裏の向こうに消えてゆく。

貧相な背中が、すぐに見えなくなった。

なぜ逃したのか、自分でもよくわからない。

男の切羽詰まった態度に折れてしまったのだ。

「蔵人介どの、くせものは」

裏口から、志乃が顔を出した。

取り逃したことを知ると、心底から呆れてみせる。

「役立たずにもほどがあります」

志乃は般若の形相で、毒を吐いた。

二

五日後、助けた男の首が鈴ヶ森の獄門台に晒された。

用人の串部が確認してきたのだから、まちがいあるまい。

蔵人介は男の素姓が気になり、串部に調べさせていたのだ。

男は意外にも商人だった。数ヶ月前まで芝口にて『丹波屋』という米問屋を営んでいたが、暴徒の打ちこわしに見舞われ、身代をすべて失った。女房は首を縊ったものの、自分だけは死にきれず、市中に潜んでいたらしい。

蔵人介は、丹波屋があったとされる芝口新町までやってきた。

今は更地(さらち)にお救い小屋が建てられ、欠け茶碗を手にした物乞いたちが大鍋のまえに長蛇の列をつくっている。

敷地は広く、堀川に面した土蔵も潰され、新たなお救い小屋が建てられつつあった。

このところの不作つづきで、関東と東北一円には飢饉がひろがっている。

食えない百姓たちが村を捨て、江戸市中にどっと流れこみ、火除地(ひよけち)などに寝泊まりしていた。

こうしたお救い小屋は随所に建てられているのだが、救われない大勢の者たちは暴徒と化す危険を孕(はら)んでいる。

海晏寺に足を向けた晩も、じつは、芝口で打ちこわしがあった。

狙われたのは米問屋の『美濃屋』、鐵太郎を人質にした丹波屋が「連れてこい」と喚いた肝煎りにほかならない。

ところが、美濃屋は打ちこわしを予期していたかのように、米蔵を空にしていた。

暴徒たちは罠に塡(は)まった恰好になり、首謀者たちはことごとく捕らえられた。

そのなかに、丹波屋のすがたもあった。

いったい、なんの恨みがあったのか。

丹波屋の告げた「やりのこしたこと」とは、美濃屋の打ちこわしだった。

最後の望みも遂げられず、縄を打たれたのだ。

異例の早さで晒し首にされた理由は、見せしめのためだった。

それだけ、江戸を取りまく空気は不穏なものになりかわっている。

「哀れなはなしだ」

槌の音が響き、鳶や左官たちが忙しそうにはたらいている。

同じ敷地の一角に、新たなお救い小屋が完成しつつあった。

仮小屋の近くでは、陣笠の役人と地廻りの親方がこそこそ喋っている。

更地の端には高札が立てられ、鼻に疣のある中年男の人相書が貼られていた。

「義兄上」

誰かに呼ばれ、驚いて振りむくと、そこに市之進が佇んでいる。

青々とした月代頭に四角い顔、海苔を貼ったような太い眉、でかい鼻に厚い丹唇、
どう眺めても姉の幸恵とは似ていない。

「おう、元気か」

「義兄上こそ」

「綾辻家の方々は、達者でおられようか」

「ええ、おかげさまで」

市之進の家は、飯田町の俎河岸にある。三代つづいた徒目付として、旗本や御家人の悪事不正を糾弾してきた。市之進もこのごろでは、憎まれ役がすっかり板についた太々しい面構えになっている。

「それにしても、奇遇ですな。どうして、ここに」

「丹波屋があった跡地だと聞いてな」

蔵人介は、海晏寺の一件をかいつまんで説明した。

「なるほど、妙な因縁でござりますね」

「おぬしも丹波屋に関わりがあるのか」

「じつは、ある人物の不正を調べております」

市之進は声をひそめ、顎をしゃくった。

眼差しのさきに、陣笠の役人が立っている。

「鳥飼新兵衛。闕所物奉行でござる」

「闕所物奉行か、なるほど」

丹波屋の土地は幕府に収用され、闕所物奉行の管理下にはいったのだ。

罪を犯したり、盗難に遭ったり、取りこわしや天災に見舞われたり、さまざまな理由で商売をつづけられなくなった商人は大勢いる。闕所とは身代のうち、金以外の土地や物品が没収されること、もしくはその土地や物品のことを示す。

闕所物奉行とは闕所となった者の財産の売却などをする役職で、奉行とは名ばかりの軽い役目。役料は百俵五人扶持でしかない。

しかし、多くの旗本がなりたがる。それだけ、実入りの良い役目なのだ。

「鳥飼と喋っているのは、地廻りの元締めでしてね、いたちの折三（おりぞう）といいます」

「ふたりでよからぬ相談か」

「義兄上、立ち話もなんですから、そのあたりの見世にはいりませんか」

午刻（ひるどき）も近い。腹が減った。

ふたりは横町の一膳飯屋にはいった。

市之進は大飯食らいで、あまり酒を飲まない。

「どうぞ、義兄上はどんどんやってください。わたしは失礼して飯を」

どんぶり飯を二杯食い、三杯目は味噌汁をぶっかけて、瞬く間に平らげた。

「ふう、やっと落ち着きました」

「よかったな。で、闕所物奉行の嫌疑とはなんだ」

「お救い金の着服（ちゃくふく）、ひとことで申せばそうなります。遣り口が巧妙ゆえ、なかなか尻尾を出しません」

お救い金とは、お救い小屋の建設や食糧の供出に関わる費用のことだ。公金である。これが勘定方を通じて地廻りの手に渡り、人足や食糧の手配がおこなわれることとなる。この過程で、地廻りの親方から管理者の闕所物奉行へ、公金が賄賂にかたちを変えて還元されるのだ。

市之進は丹波屋にも言及した。

丹波屋は打ちこわしで潰れたが、それ以前に死に体だった。

大身旗本に大金を貸しつけ、期限が過ぎても回収できずにいた。

「貸しつけを斡旋したのが、肝煎りの美濃屋だったというわけで」

「なるほど、それで恨みを抱いておったのか」

驚くべきことに、同じような手口で潰された米問屋は五指に余る。

「米問屋が淘汰されれば、のこった連中はそのぶん甘い汁を吸えます」

丹波屋の土地は闕所となり、幕府の管理下に置かれることとなった。

いずれ近いうちに売り出されるだろうと、市之進は予測する。

「お救い小屋は三月もせぬうちに解体され、そこに店や長屋が建てられます。たいていの場合、地主になるのは蔵前の札差か米問屋などの商人でござる」

安価な値で買いとった土地から高い収益を得る、という構図らしい。

「丹波屋のこの土地、じつは売り先が決まっておりましてね。どこだとおもいます」

「美濃屋か」

「ご名答。うがった見方をすれば、美濃屋が土地を手に入れるべく裏で手をまわし、打ちこわしを仕掛けたとも考えられますぞ。なにせ、美濃屋は今や御大名並みの大地主でござりますからね」

米問屋が土地持ちになり、莫大な賃料収入を得ることになるのだ。

収用された土地の売買に関しても、闕所物奉行は大きな権限を有している。

鳥飼新兵衛が美濃屋仁吉とつるんでいるのは疑いもないことだと、市之進は言いきる。

「皮肉なことに、弱者を救うお救い小屋こそ、不正の温床なのでござる。徒目付として、こうした悪行は見逃せません」

「あいかわらず、生真面目（きまじめ）なやつだな。探索を命じたのは、脇坂十郎左衛門さまか」

「よくご存じで」

「縁談が舞いこんだであろう」

「姉上が喋りましたか」

「おぬしも、こたびはまんざらでもないと聞いた」

市之進は耳まで赤く染め、ぼそっとつぶやいた。

「義兄上、ここだけのおはなしに」

「ふむ、どうした」

「じつを申せば、内緒で錦どのをみてまいりました。よく通われると聞いた湯島天神の水茶屋まで足を運びましてね」

「ほう、それで」

「小女（こおんな）を連れてまいられ、錦どのはぜんざいをご注文なされました」

「ふむふむ、ぜんざいをな」

「おちょぼ口で甘い汁を吸う仕種（しぐさ）が、それは可愛いもので、うっかりときの経つのも忘れてしまいましてな」

うっとりする市之進の顔を眺め、蔵人介はしきりに顎を撫でまわす。

「惚れたのか」

「はい」

「出戻りでもよいのか」

「いっこうに構いません」

「めでたいはなしだ」

市之進は嫁取りの手土産代わりに、大手柄を立てたいと意気込んでいるのだ。

「なれど、事はさほど簡単ではありません」

闕所物奉行に地廻り、そして米問屋仲間の肝煎り、こうした悪党どもをまとめてひっくるには確乎（かっこ）たる証しが要る。

「鍵を握るのは、高札に貼ってある男でござる」

「そういえば、人相書が貼ってあったような。あれは」

「梁瀬三太夫（やなせさんだゆう）。このところ、連日のように打ちこわしを繰りかえしている暴徒の首魁（しゅかい）でござる」

「ほほう」

変わった経歴の持ち主だった。

「年貢が集められずに御役御免となった幕府領の元代官（だいかん）なのだとか」

「ふうん。元代官が暴徒の首魁か、おもしろいな」

「首に賞金が懸けられております」

益々、おもしろい。

「じつは、脇坂家と縁がありましてね」

常陸の幕府領に隣接して脇坂家の知行地があり、その関わりで梁瀬三太夫の娘が女中奉公にあがっていた。

娘の名は里、錦にたいそう可愛がられていたらしい。

「無論、代官を辞めてからは縁が切れたそうで」

そうは言っても、気に掛からないわけがない。

脇坂がこの一件にこだわる理由のひとつなのだろう。

蔵人介は、梁瀬という男に会ってみたいとおもった。

三

江戸の米不足は深刻で、人々はさきを争うように米を求めた。

幕府の備蓄米も底を突くとの風評が広まると、ふだんはのんびりしている志乃や幸恵も目の色を変え、高騰した米を一升、二升と購入してくる。

蔵人介には、米問屋が米を買い占め、売り惜しみをおこなっているとしか映らない。

米相場を操って儲けている悪党どもが、きっとどこかにいるはずだ。

お城には余るほど米がある。

公方に供された食べ物は持ち帰りが許されず、三度三度、大量の生ごみとして捨てられていた。

もったいないと嘆いても、毒味役にはどうしようもない。

お救い小屋に並ぶ連中に分けてやりたいのは山々だが、そのことを進言する者はいなかった。残った食べ物をお救い小屋に廻したらどうかなどと進言すれば、みっともない、それでも武士か、小さいことを抜かすなと、詰られるにきまっている。

蔵人介は家宅で昼餉を済ませ、散策に出掛けた。

浄瑠璃坂を下り、四谷御門まで濠端に沿ってそぞろ歩く。

よく出掛ける散策道だ。興が乗ると赤坂の豊川稲荷に詣で、牛鳴坂から丹後坂、黒鍬谷から薬研坂、もしくは円通院脇から稲荷坂、志ん坂と、坂巡りをすることもある。今日は格別に気持ちが良いので、円通寺のほうまで足を延ばしてみようとおもい、丹後坂の坂上から黒鍬谷に下りていった。

右手は大名の屋敷、左手には中小の旗本屋敷が連なっている。

海鼠塀に囲まれた谷は紅葉した木々に覆われ、陽光も射さない。

夏ならば涼しい小径だが、人通りはないも同然だった。

散り落ち葉を踏みながら進んでいくと、横町へ通じる三叉路から、人相風体の怪しい三人組があらわれた。

まるで、峠で旅人を狙う山賊のようだ。

まんなかの男は六尺(約一八二センチ)を超える大男、左右のふたりは痩せて小さい。

三人は坂道を駆け登り、途中でふたりがぱっと左右に分かれた。

大男が正面から、のっそり近づいてくる。

「金を出せ」

凄まれて、蔵人介は苦笑した。

「何が可笑しい」

「ふふ、ここは箱根か。同じ坂でも赤坂だぞ」

「うるさい、金を出せ」

「出さぬと言ったら」

「斬る」

大男が大刀を抜くと、左右のふたりもぎこちない手つきで抜いた。

蔵人介は、顎をぽりぽり掻く。

「弱ったな」

「威しではないぞ」

「さようか」

「怖くないのか」

「いっこうに」

「斬ってやる」

大男は上段に構え、切先で尻を掻くほどに振りかぶる。

「うりゃ……っ」

大振りの一撃を軽く躱し、蔵人介は国次を抜きはなつ。

「そい」

水平斬りから物打ちを峰に返し、男の首筋を叩いた。

声もなく、巨体がくずおれてゆく。

「うへっ」

ひとりが坂道を転がるように逃げ、三人目も逃げようとする。

蔵人介はつつっと近寄り、裾を踏んづけた。

「ひゃっ」

矮躯(わいく)の男がひっくり返り、刀を抛りなげる。

「おた、おた……お助けを」

よくみれば、人懐こい顔をしている。

どう眺めても、侍ではない。

「おぬし、百姓か」

「へ、常陸の百姓でごぜえやす」

故郷は長閑(のどか)な山里であったが、飢饉に見舞われ、老人や幼子の多くが亡くなった。

痩せた田畑しかない村を捨て、江戸へ出てくる以外に生きる道はなかったという。

「おらたちがわりいんでねえ。胡麻油(ごまあぶら)みてえに年貢(ねんぐ)を搾(しぼ)りとるお役人がわりいんだ」

「追いはぎに落ちた野郎が、何をほざいておる」

「旦那はお強い。おらたちの守神(まもりがみ)になってくれろ。いい稼ぎになるだよ」

「わしを用心棒に雇う気か。妙なことを抜かす」

「妙ではねえ。旦那だって銭が欲しいべ。おらたちの親方は才覚のあるお方じゃ」

「親方の名は」

「梁瀬三太夫さまじゃ」

男は胸を張り、前歯の欠けた顔で笑う。

「梁瀬三太夫か。どこかで聞いたことがあるな」

「へへ、お尋ね者さね」

男は笑いながら、鼻のあたまを撫でてみせる。

「思い出した。鼻に疣のある男だ。おぬしら、暴徒の仲間か」

「そうだべ。おらたちは悪徳商人の屋敷や蔵を襲うだよ」

「ふん、義賊気取りか。義賊がなんで追いはぎをやる」

「甚内が手伝えって言うから、つきあっただけさ」

「甚内」

「葛城甚内。そこで伸びておる大男のことだべ」

暴徒の仲間になるまえは、辻強盗をやっていたらしい。

「ほかに浪人者はおるのか」

「強そうなのはおるけど、どいつもこいつも見掛け倒しなんだべ。旦那に手伝ってもらえば、百人力さね」

蔵人介は、梁瀬に会ってみたい気持ちを思い出した。

「よし、仲間になってやる」

「え」

「何を驚いておる。おぬしが誘ったのであろうが」

「んだども、ふたつ返事でねえか」

「焦れったい男だな。連れてゆくのか、ゆかぬのか、はっきりせい」

「ほんだら、従いてきてくだせえ」

蔵人介は、男の背にしたがった。

四

連れていかれたさきは本芝にある大名屋敷脇の砂浜、目のまえに広がるのは真っ青な海原だ。

砂浜には粗末な漁師小屋がぽつんと建っていた。

小屋に向かって、点々と足跡が繋がっている。

「おうい」

男が叫ぶと、髭面の男が顔を出した。

さきほど、尻をみせて逃げた臆病者だ。

「あ、杉公、そいつを連れてきただか」

「んだ。熊公め、わしを置いて、なして逃げた」

「仕方なかろうが」

「ふん、小心者め」

ふたりとも同じ穴の狢、百姓が侍のふりをして粋がっているのだ。

小屋のなかは、むんとする汗臭さに包まれていた。

うらぶれた身なりの男たちが、五、六人いる。

みな、眸子を血走らせていた。

百姓か浪人か、区別すらつかない。

どっちにしろ、餓えた山狗どもにかわりはなかった。

「杉公、そいつは誰だ」

壁に寄りかかった浪人風体が訊いた。

「こちらの旦那は、おらの先生だべ。凄腕だよ。甚内さあを一発でのしちまったんだけえのう」

「甚内を」

「そうじゃ。のう、熊公」

「んだ、おらたちなんぞ束になってかかっても、かなわねえ御仁さあ」

「町奉行所の手先じゃねえだろうな」

杉公が目を剝いた。

「莫迦言うでねえ。おらたちが襲って返り討ちにあったんだべ。なあ、熊公」

「ああ、そんだ。見た目が弱そうだけえ、甚内さあが威しあげて金を巻きあげようと言っただよ」

「辻強盗は禁じられているはずだぞ」

「ほんだども、甚内さあがやりたがったんだべ」

「ふん、小悪党め」

「わりい癖が出ちまったんだよお」

「ところで、甚内はどうした」

「どっかで伸びてるべ」

杉公と熊公は顔を見合わせ、けらけら笑った。

別の百姓が声を掛けてくる。

「杉公、先生のお名前は」

「そういや、まだお訊きしてねえ。旦那、名前を教えてけろ」

「矢背蔵人介だ」

蔵人介は面倒臭そうに吐き捨てる。

浪人風体が声を掛けてきた。

「やせ……おかしな苗字だな。あんたも浪人者か」

「まあな」

「だったら、金になる仕事がある。もうすぐ親方が帰ってくるから、頼んでみな」

「何をやらせる気だ」

「ふふ、親方に訊いてくれ」

「仲間はこれだけか」

失笑が洩れた。

杉公が応じる。

「旦那。寝床と食い物のねえ連中は、みんな仲間だで。毎日、五十人、百人と増えてゆくかんな、何人いるかなぞわかったもんじゃねえ」

「ふうん」

江戸へ流れこんだ百姓や浪人者が食い物と稼ぎを求め、梁瀬三太夫という旗印のもとに集まってくるらしい。

元代官の肩書きが利いているのだ。

無理な年貢徴収を拒み、百姓たちの心情を御上に訴えてくれた反骨漢、百姓のために命を懸けてくれた恩人。そうした噂が口々に伝わり、梁瀬は生き神様に祭りあげられているようだった。

やがて、海原が紅葉色に染まるころ、固太りの五十男が手下を数人連れ、小屋のなかに踏みこんできた。

長太い鼻のあたまに疣がある。

まちがいない、梁瀬三太夫だ。

小屋にはいってくるなり、犬のように鼻をくんくんさせはじめる。

隅っこの壁に寄りかかった蔵人介と目が合った。

「おぬしは誰だ」

重苦しい沈黙が流れ、杉公が口を挟んだ。

「親方、おらがお連れした先生ですだ」

「先生」

「剣術の腕前が半端じゃねえので」

「みたのか」

「へえ」

返事をしたそばから、杉公は舌を出す。

「辻強盗をやったのか」

「ご、ご勘弁を」

「甚内に誘われたな。襲ったはいいが返り討ちにされ、仕方なく襲った相手を連れてきたというわけか」

「さすがは親方、読みがぴったり」

「黙れ、情けない男どもだ」

「も、申し訳ごぜえやせん」

土間に額ずく杉公を無視し、梁瀬は蔵人介に向きなおる。

「姓名は」

「矢背蔵人介」

「浪人者にしては身綺麗にしておるな。御上の密偵でないという証しは立てられるのか」

「んなものは立てられぬさ。仲間に入れたくないなら、出ていくだけだ。ふん、邪魔したな」

やおら立ちあがって大小を帯に差すと、待ったが掛かった。

「今宵、深川(ふかがわ)でひと仕事やる。来るか」

「金になるならな」

「よし、きまりだ」

「何をやる」

「来ればわかる」

梁瀬はにやりと笑い、小屋から出ていった。

五

夜も更けた。

月はなく、眉星が瞬(またた)いている。

蔵人介たちは小人数に分かれ、深川をめざした。

定められた場所は永代(えいたい)橋の東詰め。橋を渡っていくと、すでに五十人からの数が集まっている。

それがどんどん膨らみ、広小路から溢れんばかりとなった。

杉公は眩しそうな目をしてみせる。

「へへ、旦那、ご覧なせえ。ちょいと声を掛ければ、いくらでも集まってくるんだよ」

ほとんどは、江戸に出てきたばかりの百姓たちだ。右も左もわからない連中が鋤や鍬などを手にして、身を震わせている。怖れと武者震いの入りまじった震えのようだ。

狙うは佐賀町の『臼屋』、深川の米問屋でも五指にはいる大店だった。

「よいか、みなの衆。ここが天下分け目の関ヶ原とおもうて、このわしに命を預けてくれい」

梁瀬三太夫は巧みな弁舌で、みなを煽りはじめる。

「打ちこわすだけ打ちこわしたら、ものを取らずに逃げよ。深川は水の町じゃ。水路が網目のように走っておる。よいか、東へ向かえ。木場を越えれば砂村の田圃じゃ。身を隠す場所はいくらでもある。わしの名を出せば、どこの百姓家でも匿ってくれる。逃げのびた者は、またいつか再会できよう。わしらのめざすものはただひとつ、この腐りきった世の中をひっくり返すことよ。どうじゃ、みなの衆、わしに命を預けてくれるか」

「うおおお」

杉公と熊公が拳を突きあげると、地鳴りのような鬨の声がわきあがった。

誰もがみな、興奮している。

陶酔した顔の者も見受けられた。

蔵人介でさえ、わけもなく興奮してくる。

元代官のことばには、人を動かす力があった。

「めざす獲物は目と鼻のさきじゃ」

提灯を翳せば、臼屋の屋根看板が大映しになる。

「うわああ」

暴徒と化した一団は、怒号とともに駆けだした。

夜の静寂が裂かれ、突然の嵐が吹きあれる。

蔵人介も津波に飲まれ、道端へ飛びだした。

「こっちだ、先生」

杉公が呼ぶ。

臼屋の正面口には、大槌を担いだ大男が立っていた。

葛城甚内だ。

「やれ」

梁瀬に命じられ、甚内は大槌を振りあげた。

「ぬりゃ」

板戸に破孔(はこう)が穿(うが)たれ、百姓たちが殺到する。

「それ、蹴破れ」

「踏みこめ」

「うわああ」

家人たちは飛び起きた。

着の身着のままで、奉公人が逃げだしてくる。

大地震でも起こったのかと、勘ちがいしたことだろう。

だが、そうではなかった。

物狂いの連中が目を剝き、口から泡を飛ばし、暴れまわっているのだ。

まるで、地獄からやってきた獄卒(ごくそつ)どものようだった。

手にした得物(えもの)で板戸や壁や柱を壊す者、土間に積みあげられた米俵を運びだす者たちもいる。

数が多すぎて屋内に入れず、外で奇声を発しながら走りまわっている者も見受けられた。

寝間にのこされた家人たちは声を失い、ひとかたまりになって震えている。

「壊せ、柱を倒せ」

甚内が大黒柱を大槌で叩きはじめた。

みしみしっと、天井が軋みあげる。

「きゃああああ」

女たちの悲鳴があがった。

隣近所から、家人がぱらぱら飛びだしてくる。

「打ちこわしだ。臼屋さんが打ちこわしに」

しかし、誰ひとりとして近づく者はいない。

近づけば、暴徒の波に呑みこまれる。

「おら、ぶっこわせ」

甚内は大槌を振るいつづけている。

——ぴいい、ぴいい。

遠くで呼子(よびこ)が鳴っていた。

幼子が泣きわめいている。

蔵人介は放っておけず、寝間に飛びこんだ。

「逃げろ、勝手口から早く」

叫びつつ、幼子を抱きあげる。

勝手口から女子供を追いたて、幼子を母親の胸に押しつけた。

「早く逃げろ、命あってのものだねだ」

「ありがとう存じます」

礼を言われても、こたえようがない。

つぎの瞬間、大黒柱がふたつに折れた。

二階建ての家屋が、どうっと崩れ落ちる。

「うわああ」

塵芥が濛々と舞い、一寸先もみえない。

「逃げろ、逃げろ」

血だらけの百姓たちが口々に叫んでいる。

鍬や鋤を捨てさり、蜘蛛の子を散らすように駆けだした。

「うわっ、捕り方だ」

佐賀町の四方八方に、御用提灯が点滅している。

「御用、御用」

捕り方の掛け声が追ってきた。

「旦那、こっちだ」

杉公に袖を引かれた。

広小路をめざし、一目散に駆けていく。

たどりついたさきは、永代橋の橋下だ。

「こっち、こっち」

熊公が汀で手招きをしている。

細長い押送舟が待機していた。

「早く乗れ」

自分たちだけ助かるのか。

などと、考えている余裕はない。

――ぴぃい。ぴぃい。

呼子が寒空に響いた。

「急げ、舟を出すぞ」
船頭役の甚内が怒鳴っている。
舟には七人しか乗っていない。
舳先（みよし）には、梁瀬三太夫が腕組みで座っていた。
床几代わりにしているのは、千両箱にほかならない。
臼屋から盗んできたのだろう。
なるほど、狙いは金か。
哀れな百姓たちは囮（おとり）に使われたのだと、蔵人介はおもった。
甚内は櫓（ろ）を巧みに操っている。
舟は暗い大川へ滑りだしていった。
百姓たちの多くは梁瀬に命じられたとおり、木場へ向かったにちがいない。
そのうち、いったい何人が助かるのだろう。
捕縛された者は、獄門台に首を晒される運命にある。
――外道め。
蔵人介は梁瀬を睨み、胸の裡で吐き捨てた。

六

高輪大木戸手前を右に折れ、白金から街道を南西に向かう。

目黒川に架かる石の太鼓橋を渡ったさきは目黒不動だが、一帯は田圃だらけの物寂しいところだ。

岩屋弁天の横道を進んださきに、下目黒村の百姓地がある。

一行は村はずれに建つ合掌造りの百姓家に入っていった。

「父上、お戻りなさりませ」

玄関口から艶めいた声が聞こえ、二十三、四の娘が迎えにでてきた。

梁瀬の娘らしい。

「里と申します」

かぼそい声で挨拶され、蔵人介は頭をさげた。

囲炉裏には火が焚かれ、自在鉤に吊りさがった鍋がぐつぐつ煮えている。

背中の丸まった老婆が、鍋を掻きまわしていた。

「母上、ただいま戻りました」

梁瀬は正座し、床に手をついてお辞儀をした。

老婆は耳が遠いのか、振り向きもせずに鍋を掻きまわしている。

杉公と熊公は千両箱を運びいれ、土間の端に積みあげた。

同じような千両箱が無造作に置かれてある。

蔵人介は甚内とともに、囲炉裏端に座った。

すると、老婆が汁をよそってくれた。

「のっぺい汁じゃ」

「おっと、わしがさきだ」

甚内が横から汁椀をかっさらい、蔵人介は待たされた。

老婆は皺のなかに笑いを埋めた顔で、新たな汁椀を手渡してくれる。

「かたじけない」

蔵人介は滋味豊かな汁を啜りながら、百姓家のなかを見渡した。

杉公や熊公と同様、浪人に化けた百姓があとふたりいる。

いずれも、浜辺の漁師小屋で目にした連中だ。

杉公が隣に座り、老婆から汁椀を貰った。

「ありがてえ。大奥さまのお作りになったのっぺい汁は天下一品だべ」

杉公は熱々の里芋を食い、ずるっと汁を啜る。

「のっぺい汁は冷やして食うのがうめえんだよ。へへ、大奥さまから教えてもらったことだべ。矢背の旦那、おらと熊公は常陸の御領(ごりょう)が故郷での、ほかでもねえ、お代官さまというのが梁瀬さまじゃった。梁瀬さまはそれはお優しいお方での、百五十俵取りのお旗本にもかかわらず、少しも威張(いば)ったところのねえお方じゃった」

収穫が多い年は備蓄を奨励(しょうれい)し、無理な年貢の徴収はおこなわない。隠田(おんでん)の摘発に関しても寛大で、飢饉に備えるよう、あらゆる心配りのできる代官であったという。

「藩領の百姓たちからは羨ましがられたもんじゃ。亡くなってしまわれたけんど、奥方さまは、そりゃきれいなお方でのう。おらたちのような水吞みにも、気軽にお声を掛けてくだすった」

「ふん」

甚内は鼻を鳴らす。

「杉公、昔話はやめておけ。梁瀬どのは今や天下のお尋ね者、捕まれば磔(はりつけ)獄門は免れぬ罪人よ」

梁瀬は気にもせず、汁を美味そうに啜っている。

甚内は三杯目の汁を平らげ、ほっと溜息を吐いた。

さきほどから、殺気走った眸子(まなこ)でこちらを盗み見ている。

「ふん、野良犬め」

聞こえよがしに吐き捨て、椀を床に叩きつける。

「梁瀬どの、こやつを仲間に入れるのか」

「なぜ」

「こやつ、臼屋の家人を助けておったぞ」

「よいではないか。わしらは人殺しではない」

「こやつ、どこの馬の骨かもわからぬ男だ」

「おぬしはちがうのか」

「なに」

「おぬしとて馬の骨、密偵(いぬ)でないという保証はない」

「なんだと」

「このなかで素姓がはっきりしているのは、このわしだけさ。なにせ、そこいらじゅうに人相書が貼りだされておるのだからな、ぬふふ」

「あんたは百姓どもにとっちゃ生き神さまだ。訴人(そにん)に走る裏切り者は、たぶん、ひとりもおらぬだろうよ。あんたの命じることなら、みんな聞く。命を惜しいともおもわねえ。どうせ飢え死にする身なら、米屋でも襲って死に花を咲かせるほうがましだと、誰もがおもっちまうのさ」

「皮肉か」

「いいや、あんたには人徳があるってはなしだよ。でもな、ほとけの供養は欠かさねえことだ。今夜も大勢の哀れな連中が捕まった。捕まりゃ首を刎ねられる。首無し胴は鈴ヶ森の空き地に置き捨てられ、山狗の餌にされる。あんたに煽られ、わけもわからず突っ走った代償がそれだ」

老婆が里を連れ、奥座敷に消えた。

甚内はつまらなそうに見送り、はなしをつづける。

「あんたにとっちゃ、百姓たちは捨て駒も同然さ。捨てても捨てても、駒はどっかしらから集まってくる」

杉公は我慢できなくなり、脇から怒声を発した。

「やい、痩せ浪人、金を貰っている身で文句を垂れるんでねえぞ。梁瀬さまはなあ、どでけえことを考えていなさるんだ。そんためには、こうして軍資金を稼いでいなさるんじゃろうが」

「どでかいこととはなんだ、言うてみろ」

「おらが知るわけねえだろう」

「ふん、はなしにならぬ。山猿は黙っておれ」

「なんじゃと」

双方とも立ちあがり、一触即発になった。

「待て」

梁瀬が割ってはいる。

「ふたりとも、そのくらいにしておけ。どうしてもやりたいんなら、今すぐに出てってくれ」

鼻の疣を掻きながら、蔵人介を三白眼に睨みつける。

「気苦労が多いとな、こうして疣を触りたくなる。触ればそれだけ、疣は大きくなる。蟋蟀に齧らせれば治ると母は申すが、わしはそんな迷信など信じぬ。たとえば、徳川の世が未来永劫つづくというのも迷信にすぎぬ。大勢の餓えた者たちが大義のもとに起てば、そんなもの、寸暇の間に消しとんでしまう。徳川など砂上の楼閣にすぎぬわ」

梁瀬は袖に手を突っこんだ。取りだした小判を三枚、床に並べてみせる。

「おまえさんは、偶然、わしらのもとへ迷いこんできた。今夜かぎりで消えたければ、それもいい。三両くれてやる。が、もし、わしらの仲間になる気があるなら、打ちこわしをやるたびに、三両やる。どっちを選んでも構わぬ」

「わしがここを出て、隠れ家の在処(ありか)を御上に告げたらどうする。おぬしの首には賞金が懸けられておるようだしな」

「わかっておるさ。そうなったら、運命(さだめ)とおもってあきらめるしかあるまい」

「ほう、ずいぶん潔いな」

「人はいずれ死ぬ。運命には抗(あらが)えぬ」

「ふん、訴人なぞせぬゆえ、安心しろ。わしは十手持ちが嫌いでな」

蔵人介は吐き捨て、やおら立ちあがった。

「出てゆくのか」

「ああ」

「ならば、金を受けとれ」

「いらぬ。金を貰うほどのはたらきはしておらぬ」

「妙な男だ。痩せ我慢をいたすな」

「痩せ我慢ではない。婆さまにのっぺい汁を馳走してもらった。それで充分さ」

蔵人介は履物を突っかけ、戸口に向かった。

「旦那。頼む、のこってくれ」

杉公が悲しげな顔で懇願する。

蔵人介はにっこり笑いかけ、何も言わずに外へ出た。

七

霜月(しもつき)になった。

打ちこわしは連夜にわたってつづき、江戸の町は殺伐(さつばつ)とした雰囲気になりかわっている。

深川佐賀町の臼屋跡地にはお救い小屋が建った。

市之進を誘って足を延ばしてみると、うらぶれた者たちが長蛇の列をつくっている。

「また増えましたね、食えない連中が」

「昼は欠け茶碗を手にして列に並び、夜は鋤だの鍬だのを携えて米屋を襲うのよ」

「まさか」

「いいや、まちがいない。やつらは憤懣を腹に溜めこんでいる。どこかで暴発したいと願っておるのだ」

お救い小屋は、幕府が弱者に手を差しのべる唯一の施策であった。

そのお救い小屋において、許しがたい不正がおこなわれている。

「闕所物奉行の鳥飼新兵衛と美濃屋仁吉が、この土地にもからんでおります」

「やはりな」

「義兄上のおはなしを聞いておりますと、梁瀬三太夫なる男、美濃屋に踊らされているとしかおもえませんね。だいいち、今までに襲った米問屋は美濃屋の意のままにならぬ連中ばかりですよ。ひょっとしたら、地廻りの折三あたりと裏で繫がっているのかもしれません」

かりに、そうであったなら、梁瀬三太夫の狙いは金だろうか。

いや、金ではあるまい。

狙いが何であるにしろ、哀れな連中が使い捨てにされているのは事実だ。

「皮肉なはなしですな。お救い小屋の恩恵を受けた者たちが暴徒と化し、悪党どもを儲けさせ、犬死にしてゆくのですから」

「どうも解せぬ」

「何が、でございますか」

「これだけの大仕掛け、闕所物奉行と米問屋ごときが考えつくとおもうか」

「黒幕がいるとでも」

「おぬしも、そうはおもわぬか」

市之進は周囲を警戒しながら、声を落とす。

「じつは、脇坂さまから、とんでもない大物の名があがりました」

「誰だ」

「須田豊後守（すだぶんごのかみ）」

「大目付（おおめつけ）か」

「家禄五千石の御大身にござる」

なるほど、闕所物奉行は大目付の支配下にある。

「調べてみますと、豊後守は例の丹波屋が貸金をおこなった大口でもありました」

「踏み倒した相手ということだな」

「はい」

「繋がっておるではないか」

「敵はあまりに強大すぎます。生半可（なまはんか）な気持ちで突っつけば、こっちが捻（ひね）り潰されてしまう」

「触らぬ神に祟りなし。されど、おぬしのことだ、放ってはおけまい」

「わかりますか、やはり」

「相手が大物であればあるほど、沸々と沸きあがってくるものがあろう。それに、嫁を貰うというなら、手柄もあげねばなるまい。ぐふふ」

からかってやると、市之進は顔を赤らめた。

「脇坂さまの娘御、錦どのと申されたかな」

「はあ」

「縁談はすすんでおるのか」

「ええ、まあ」

「幸恵がやきもきしておるぞ」

市之進は鬢を掻いた。

「ご心配なきようにと、姉上にお伝えください」

「ふむ」

「義兄上、わたしは豊後守の周辺をあたってみます」

「気をつけろよ、無闇に奔るでないぞ」

「は、では」

ふたりはその場で別れた。

蔵人介はもういちど、下目黒村の隠れ家を訪ねてみようとおもった。

やはり、梁瀬三太夫の肚が知りたい。

それほどの悪人にはおもえぬからだ。

悪事のからくりを知っているような気もする。

市之進に手柄をあげさせるためというより、真相が知りたい。

いざとなれば、締めあげてでも、梁瀬の存念を質してみたくなった。


霜月の夕刻は肌寒く、物寂しい。

田圃の畦には鶴が舞いおり、細長い嘴で泥鰌を漁っている。

「おや」

岩屋弁天の手前で、蔵人介は足を止めた。

物々しい装束の一団が、下目黒村のほうからやってくる。

陣笠の与力を先頭にした捕り方どもだ。

「大人数だな」

二、三十人はいよう。
手傷を負った者も見受けられた。

「ん、あれは」

大柄な甚内が後ろ手に縛られ、小者に引っぱられてくる。

うらぶれた浪人や百姓数人がつづき、熊公の顔もあった。

杉公のすがたはない。

首魁の梁瀬三太夫もいないかわりに、最後尾から人を乗せた戸板が運ばれてきた。

戸板のうえには、老婆が横たわっている。

梁瀬の母親にまちがいなかった。

「くそっ」

蔵人介は一歩踏みだし、ためらった。

「可哀相に、あんな年寄りまで引っぱるこたあねえのに」

見物人の男が、隣で溜息を吐いている。

物々しい一団は遠ざかり、太鼓橋を渡って行人坂を登りはじめた。

蔵人介は坂に背を向け、岩屋弁天の横道から下目黒村に踏みこんだ。

村人たちは家に閉じこもったきり、外に出てこようともしない。

村人のなかに、訴人がいるのだろうか。

それとも、誰かが梁瀬を裏切ったのか。

隠れ家の内部は惨憺たるもので、激しく争った痕跡が窺えた。

板間には血が飛びちり、鍋の中身はぶちまけられ、障子戸や壁はずたずたにされている。

夕陽が落ち、家のなかは暗闇と化した。

血腥い臭いとともに、微かな息遣いが聞こえてくる。

「ん」

誰かいる。

蔵人介は身構えた。

柱のよこから手燭を外し、火を灯す。

息遣いが、ぴたっと止まった。

板間を横切り、蒲団部屋に近づいた。

隅のほうで、人の気配がしている。

茶箱が置かれ、蓋がずれていた。

そこか。

跫音(あしおと)を忍ばせ、近づいてみる。

蓋を外し、手燭を翳した。

「きゃっ」

茶箱のなかに、娘が蹲(うずくま)っている。

里という梁瀬の娘だ。

顔じゅうに玉の汗を掻き、がたがた震えている。

「案ずるな、この顔に見覚えがあろう」

「あ、はい」

「役人どもは去った。出てまいれ」

里は動かない。

額に手をあてると、焼けるほど熱かった。

「まずいな」

蔵人介はひょいと里をもちあげ、背に負った。

「お婆さまが……お、お婆さまが、捕まってしまいました」

里はべそを掻きはじめた。

「泣くな、事情はあとで聞く」

蔵人介は里を背負い、村を出た。
弁天堂に駆けこみ、寺男に医者を呼んでほしいと頼む。
だが、このあたりに町医者はおらず、来るまでに一刻（二時間）はかかるという。
仕方なく宿駕籠を呼んでもらい、御納戸町の家宅まで戻ることにした。
志乃と幸恵への言い訳はおもいつかない。
が、里の恢復をだいいちに考えねばならぬ。
ともかく、事は急を要するのだ。
駕籠が一挺やってきた。
酒手を節約するために、蔵人介自身は汗だくで追いかけねばならぬ。
「旦那。じゃっ、めえりやすぜ」
垂れを落とした宿駕籠は、疾風のように奔りだした。

八

二日後、里はようやく元気を取りもどした。
深刻な病ではなく、過労から高熱を発したらしい。

志乃と幸恵には「行き倒れの娘を拾った」と告げたが、ふたりとも半信半疑のようだった。

「お義母さま、あの娘、喋ることができぬのか、それとも、記憶を失ってしまったのか、何を訊いてもこたえてくれません」

「幸恵さん、あの娘は武家の娘ですよ。何気ない仕種でわかりませんか」

「気づきませんでした。それにしても、どうも気に掛かります」

「何がです」

「蔵人介さまを見つめる娘の眼差しが、尋常ではないのです」

「あら、わたくしも同じことを感じておりましたよ」

「お義母さまも」

「ええ。何かに脅えているような、憎しみを抱えているような、そんな目ですね」

志乃と幸恵は口を噤み、蔵人介を同時に睨みつける。

蔵人介は縁側で片膝を立て、足の爪を鑢(やすり)で削っていた。

「ねえ、幸恵さん。まさかとはおもいますが、蔵人介どのはあの娘とできてしまったのでは」

「お義母さま、いくらなんでも」

「うふふ、真に受けましたか。ご安心なさい。鈍重な蔵人介どのに、そんな才覚はございませんよ」

「鈍重とは失礼な。お義母さま、蔵人介さまは存外におもてになるのですよ」

「まあ、そうなの」

「ええ、妻のわたくしが申しあげるのですから、たしかですわ」

「ともあれ、素姓のわからぬ娘を、いつまでも置いておくわけにもまいりませんね」

「仰るとおりです」

「されば、わたくしが娘とおはなしいたしましょう。身寄りはあるのかないのか、これからどうしたいのかなど、事細かに」

「お願いしてもよろしいのですか」

「構いませんよ。小娘の扱いには馴れておりますから」

志乃は鉄漿（おはぐろ）の歯を剝き、不気味に笑う。

幸恵は蔵人介を睨みつけ、ぷっと小鼻を膨らました。

蔵人介は目を逸らし、顔色も変えずに爪を削りつづける。

しばらくして、飯田町にある綾辻家から急報がもたらされた。

目付の脇坂十郎左衛門が、突如、若年寄から御役御免を申しわたされたというのだ。

理由は判然としない。

誰かに填められたなと、蔵人介はおもった。

若年寄を動かすことのできる大物となれば、かぎられてくる。

大目付、須田豊後守の影が脳裏にちらついた。

「市之進の縁談は、どうなってしまうのでしょう」

幸恵は、めずらしくも狼狽(うろた)えた。

脇坂家の存続すら危ぶまれているなか、娘の縁談どころではあるまい。

志乃は冷たく言いはなつ。

「せっかくのおはなしですが、流れてしまうかもしれませんね」

「そんな……あんまりです」

敵は予想以上に強大で、なおかつ、奸智(かんち)に長(た)けている。

市之進が暴走しまいかと、蔵人介は案じた。

その日の午過ぎ、蔵人介は旅仕度を整え、里とともに家を出た。

打ちあわせをしたわけでもないのに、里が「双親は王子の在で小作をやっている」と嘘を吐いた。

幸恵はあまり良い顔をしなかったが、蔵人介は「病みあがりの娘を送りとどけてくる」と告げ、屋敷を飛びだしたのだ。

ふたりは中山道を北西に向かい、本郷の追分から日光御成道にはいった。

街道の水茶屋でひと息つくと、里が腹に溜まっていたものをぶちまけた。

「あの……矢背さまは御公儀のお毒味役なのですね」

「誰に聞いた」

「女中頭のおせきさまから」

「それで」

「驚きましてござります。どうして、お旗本のお殿さまが下目黒の隠れ家にやってこられたのかと」

「はなせば長くなるが、妙な縁でな。おぬし、御上に訴えたのはわしではないかと疑わなかったか」

「父が申しました。あなたさまは信用に足るお方だと」

「梁瀬どののがそのようなことを」

「はい。それに、裏切り者が誰かはわかっております」

「誰だ」

「杉作という小作人です」

「まさか」

杉公は誰よりも、梁瀬を慕っていたではないか。

里は茶箱に隠れ、役人たちが交わす会話を聞いた。

「杉作は賭場に入りびたっていたそうです」

手入れがあって捕まり、役人に責められたすえ、密偵にならざるを得なかった。

杉公の生死はわからぬが、おそらく、生きてはおるまい。

一方、甚内はじめ捕縛された者たちは、明日にでも磔獄門になるだろう。

梁瀬の母親も、同罪にされる公算は大きい。

「お婆さまが磔にされれば、父はじっとしておりません」

「役人たちも、それを狙っている。罠を仕掛け、梁瀬どのを捕縛する気だ」

里は下から睨みかえす。

「矢背さまはいったい、どちらのお味方なのですか」

「さあな、自分でもよくわからぬ」

「父はこうも申しておりました。金に転ばぬ相手は恐ろしい。いずれ、足を掬われるかもしれぬと。矢背さま」

「なんだ」

「父を助けていただけませぬか」

「それは、ここでは約束できぬ」

「約束していただけないのなら、会わせるわけにはまいりませぬ」

なるほど、行く先は王子としか聞いていない。

「隠れ家を知る者は、娘のわたし以外にはおりません。矢背さまをお連れしたのは、命を救っていただいたからです」

「困ったな。おぬしの父上とはなしてからでなければ、助力は約束できぬ」

里は俯き、ぼそぼそ喋りはじめた。

「父は二年前、御領の代官を辞めさせられました。打ち首になるのを覚悟で、領内の惨状を訴えたのでござります」

そのときは、里も死を覚悟したという。

ところが、ある日、素姓の知れない男があらわれた。

立派な身なりの侍で、年齢は四十前後だったらしい。

「わたし、戸の陰で聞いてしまったんです」

侍は「命にしたがえば三年は命を奪わぬ。家族の面倒は一生みてやる」と、梁瀬に告げた。

それから数日後、一家三人で故郷を捨て、今にいたっているのだ。

「矢背さま、お約束願えませぬか。父をお助けいただけると」

「わかった、わかった」

蔵人介は折れた。

「わしに何ができるか、わからぬがな」

「かたじけのう存じます」

里は、ほっと胸を撫でおろした。

九

街道から逸れて山道に分け入るころには、陽も沈んでしまった。

暗闇のなかを進んでいくと、行く手にせせらぎが聞こえてくる。

大きな葉を分けると、人家の灯りがみえた。

「あそこです」

隠れ家は飛鳥山(あすかやま)の麓(ふもと)、音無川(おとなし)から水を引く水車小屋だった。

小屋のなかには、水番の老人がひとりいるだけだ。

老人は里のすがたをみとめ、にっこり笑った。

「お嬢さま」

目に涙を溜め、口をもごつかせる。

「源爺(げんじい)、お元気でしたか」

「はい、このとおり、ぴんしゃんしております」

父親が代官のころから仕えている忠実な下僕(げぼく)らしい。

「お嬢さまの安否を案じておりました」

「このとおり、生きておりますよ」

「ご無事でなによりです。されど……大奥さまはとんでもないことに」

「父上は存じておられるのですね」

「はい」

「お留守なのですか」

「もうすぐ、戻ってこられるはずです。あの、お嬢さま、そちらは」

「矢背蔵人介さまです。命を助けていただいたのですよ」

「それはそれは」

「公方さまのお毒味をなさっておられます」

「げっ、鬼役」

源爺は吐き捨て、後ずさった。

「どうしたの」

「以前、噂に聞いたことがございます。千代田のお城には怖い鬼が一匹棲（す）んでいる。鬼はお城に巣くう魑魅魍魎（ちみもうりょう）を情け容赦なく斬るのだと、そんなふうに」

「世迷い言もほどほどになさい」

「世迷い言ではございませぬ。公方さまのお毒味役は、鬼役と呼ばれておるそうです。城に棲む鬼とは、まさに鬼役のことだと、この耳で聞いたおぼえがござります」

「まさか」

里が息を呑んだとき、背後の扉がぎっと開いた。

眼光を炯々（けいけい）とさせ、梁瀬三太夫が踏みこんでくる。

「その噂、わしも聞いたことがある」

「父上」

「里、なぜ、おぬしだけが助かった」

「茶箱に隠れたのです」

「裏切ったのは誰だ」

「杉作さんです」

「そうか、やはりな」

「ご存じだったのですか」

「ずいぶんまえから疑ってはいた。鬼役を仲間に引っぱりこんだのも、わしの関心を逸らすためであろう、おそらくな」

「疑っておられたのなら、手は打てたはず」

「ひと足遅かった。わしの落ち度だ」

「矢背さまが来られなければ、父上にお会いすることは叶いませんでした」

里は高熱を発したことや、矢背家で二日間も病床に臥していたことなどを、懸命に説明した。

梁瀬は黙って聞きおえ、囲炉裏端に腰を降ろす。

「まあ、あがったらどうだ」

水を向けられ、蔵人介は草鞋(わらじ)を脱いだ。

「娘を助けてくれたことは、このとおり、礼を言う。されど、なぜ、下目黒の隠れ家に戻ってきたのだ」

「おぬしに訊きたいことがあった」

「何だ」

「おぬしの狙いさ。米屋の打ちこわしが狙いではあるまい。おぬしは何者かに踊らされている。そのことを知りながら、唯々諾々(いいだくだく)としたがっておるのではないのか。かりに、そうだとすれば、なんらかの狙いがあるはずだ。おぬしは死を賭して、それをやり遂げようとしている。たぶん、資金稼ぎもそのためだろう。ちがうか」

「なるほど、いろいろと想像してくれる。されど、肝心のところがちがう。娘のまえで言いたくはないが、わしは魔王に魂を売った。腐った世の中をひっくり返してやりたいという願望があったからだ。しかし、すぐにそれが叶わぬ願望であることを思い知らされた。暴徒を募って打ちこわしをやっても、所詮は焼け石に水にすぎぬ。徳川の悪政は未来永劫、つづいてゆく」

「それで、抗うことをやめたのか」

「ああ、やめた。やつらの意のままにしておれば、命は助かる」

それだけではない。打ちこわしを繰りかえすうちに、破壊そのものが目的となった。

さらに言えば、何事かを破壊することに取り憑かれてしまったのだと、梁瀬は笑う。

「千両箱はどうする」

「老いた母と娘に遺してやろうとおもってな」

「ふん、みえすいた嘘を吐くな」

「鬼役ごときに何がわかる」

「おぬしのやっていることは、悪党どもを肥らせるだけだ。闕所物奉行の鳥飼新兵衛、米問屋仲間の肝煎り美濃屋仁吉、地廻りを牛耳るいたちの折三、こうした連中を知っておろう」

「ああ、知っておる。わしのおかげで、やつらが潤っていることもな」

「よいのか、甘い汁を吸わせておいて」

「どうせ、いい死に方はせぬさ」

「黒幕は誰だ」

「なに」

「里どのに聞いたぞ。おぬしが代官を辞めさせられてすぐ、怪しい侍がやってきたとか。命じられたとおりにすれば、三年は命を奪わぬと囁かれたそうではないか」

「娘が、そんなことまで」

「里どのを叱るでない。さあ、黒幕の正体を言え」

わずかな沈黙ののち、梁瀬が重い口をひらいた。

「代官を辞めさせられたあと、たしかに、侍がひとりやってきた。椎名仙三郎(しいなせんざぶろう)という男だ」

「何者だ」

「甲源一刀流(こうげんいっとう)の達人でな、大目付の用人頭(ようにんがしら)だよ」

なるほど、これで繋がった。

「おぬし、椎名という男の指図どおりに動いておったのか」

「さよう。大目付の筋から町奉行所へ秘かに通達がなされていた。ゆえに、打ちこわしをやっても、わしが捕まる怖れはなかった」

「暴徒を煽って襲わせたのは、悪党どもが潰したい商家だったのか」

「ご想像どおりさ」

打ちこわしののち、闕所召しあげとなった商人の土地にはお救い小屋が建ち、お救い金が湯水と注がれた。公金の一部は闕所物奉行へ還流し、数ヶ月後、更地は美濃屋に安く払いさげられた。美濃屋にしてみれば競う相手が潰れ、土地も手にはいる。一挙両得というわけだが、悪党の描いた絵はこれだけにとどまらない。

梁瀬は淡々とつづける。

「美濃屋は儲けた金で米を買い占め、売り惜しみに走り、米相場を騰がらせた」

米相場で莫大な利益を手にし、利益の多くは大目付のもとへ還元されたのだ。

「けっ、悪党めら」

「世の中には、米不足と打ちこわしで肥っている連中もいる」

「おぬしはすべてをわかったうえで、悪党どもの片棒を担いだ。なぜだ。狙いはなんなのだ」

「ふん、毒味役ごときに言うか」

梁瀬は娘の顔をちらりとみた。

里は涙目で肩を震わせている。

父の犯した罪の重さを、判じかねているのだ。

梁瀬は、ぐっと眉間に皺を寄せた。

「明朝、わしの母は鈴ヶ森で磔にされる」

「大目付の用人頭に聞いたのか」

「ああ。捕り方が網を張っておるゆえ、のこのこ出掛けて行くなと忠告しよった」

「それで」

「わしは行かぬ。おまえさん、里を連れていってはくれぬか。里も今生の別れをしておきたいはずだ」

「それは構わぬが」

「ありがたい、感謝する」

梁瀬は素直に頭を垂れた。

里は隣で泣きつづけている。

蔵人介は切ない気持ちにさせられた。

十

海風が身を切るようだ。

東海道は品川宿のはずれ、松林を抜けた向こうは枯骨（ここつ）累々とする刑場、鈴ヶ森の仕置場にほかならない。前面は波打ち際、周囲には竹矢来（たけやらい）が組まれ、磔柱に縛られた罪人がいましも、長柄槍で突かれようとしていた。

波が高い。

――ひゅるるる。

海鳥が飛んでいる。

陰惨な光景を眺めようと、大勢の見物人が押しかけてきた。

竹矢来の側(そば)には、里と源爺のすがたもある。

蔵人介は周囲に目を配った。

見物人にまじって、目つきの鋭い連中がいる。

町奉行所の捕り方どもにまちがいない。

「殺れ、早く殺れ」

蓬髪(ほうはつ)を靡(なび)かせて叫ぶのは、葛城甚内であった。

磔柱は高さ十二尺、五寸角の栂(つが)材で、下三尺は土中へ埋まっている。

上方と下方に二寸角の横木が渡され、甚内は大の字に縛りつけられていた。

「不敵な面構えだぜ。ありゃ人じゃねえ。鬼だな。槍で突かれても、地獄の底から甦ってきそうな面だ。それに引きくらべ……」

かたわらには、皺だらけの老婆が磔にされている。

「……何も、あんな婆さんを磔にしなくとも」

「あれはな、梁瀬三太夫の母親だそうな」

「だからといって、母親に罪はあるまい」

同情の涙を流す者も少なくなかった。

もうすぐ、刑が執行される。

磔柱の後方には、追善供養の地蔵尊像が聳えていた。

床几に座した検使与力以下、同心や下役人など二十余名が、二本の磔柱を遠巻きに眺めている。

与力の目配せを察し、進行役の同心が吐き捨てた。

「はじめい」

磔柱のひとつにふたりの下役人が付き、左右から抜き身の槍を交叉させる。

槍の長さは二間三尺（約四・五メートル）、突き手は斜め下方から胸を狙い、穂先が背中から突き抜ける勢いで貫かねばならない。

甚内に向けられたふたつの槍、老婆に向けられたふたつの槍、四つの穂先が重なり、陽光を反射させた。

一抹の静寂が流れる。

刹那、穂先が閃いた。

「やっ」

左右から突きあげられた穂先は、ものの見事に罪人の肺腑と心ノ臓を貫き、肩胛骨の狭間から一尺余りも突きだした。

血飛沫が噴き、甚内と老婆はかくんと項垂れた。

呆気ない幕切れだ。

「お婆さま」

里はひとこと洩らしたきり、蹲った。

捕吏の目がこちらに向けられる。

「お嬢さま、まいりましょう」

源爺が屈んで囁いた。

誰かの忍び泣きが聞こえてくる。

それが波となってひろがっていった。

酷い光景を目に焼きつけ、見物人たちは三々五々散っていく。

生首はこののち三日間、獄門台に晒されるのだ。

灰色の波が、打ちよせては引いていった。

「哀れな」

蔵人介はつぶやいた。

ふたつの屍骸は磔にされたまま、降ろされる気配もない。

噎せかえるような死臭が、荒寥とした仕置場を包んでいる。

「ん」

去りかけた見物人のなかに、蔵人介は見知った顔をみつけた。

「杉公」

「え」

驚く里を源爺の手に委ね、蔵人介は走りだす。

杉公もこちらに気づき、独楽鼠のように逃げていく。

「待て」

砂浜に足をとられながらも、必死に追った。

陰惨な光景が、背後に遠ざかっていく。

松林を突っきったところで、杉公は足を止めた。

何者かに行く手を阻まれたのだ。

「堪忍してくれ、命だけは」

杉公が命乞いをしている。
赤松の木陰から、痩身の侍がゆらりとあらわれた。
――ひゅるるる。
海鳥が鳴いた。
と同時に、蒼白い刃が閃いた。
「ぎゃっ」
杉公は胸乳(むなぢ)を断たれた。
甲源一刀流の胴斬りだ。
断たれた胴がずり落ち、砂浜は真紅に染まった。
「鼠め」
侍は血振りをした。
白刃を鞘に納め、こちらを睨んでいる。
蔵人介は、ゆっくり近づいていった。
街道までは遠く、周囲に人影はない。
間合いをはかりつつ、慎重に迫った。
「おぬし、大目付の飼い犬か」

鎌を掛けると、相手は顔色を変えた。

「図星(ずぼし)のようだな。名はたしか、椎名仙三郎」

知らぬ相手に正体を明かされることほど、気味の悪いこともあるまい。

「誰じゃ、おぬしゃ」

椎名は眦(まなじり)を吊りあげた。

「名乗るような者でもない」

「ならばなぜ、鼠を追った」

「それはこっちの訊きたい台詞よ」

「鼠はこうなる運命にある。それだけのこと」

椎名は膝を寄せ、ふたたび、白刃を抜きはなった。

「町奉行所の役人ではなさそうだな。お尋ね者に雇われた野良犬にも見えぬ」

「おぬしにはわからぬさ」

「名乗れ。正体を明かして尋常に立ちあえ」

「立ちあってもよいが、おぬし、死ぬぞ」

「ふふ、たいした自信だな。覚悟せい」

椎名は袖を靡(なび)かせ、まっすぐ斬りこんでくる。

「それい」

小手調べの突きだ。

蔵人介は避けずに踏みこみ、しゅっと抜刀する。

「ぬっ」

鮮血が散った。

椎名の頬が、ぱっくりひらいた。

並みの剣士ならば、首を薙がれている。

だが、傷は浅くない。

傷口の奥から、白い骨がみえていた。

蔵人介は血振りをし、刀を鞘に納めた。

「勝負」

身を沈め、攻めの姿勢にはいる。

「くっ、居合か」

椎名は横飛びに跳ね、転がるように逃げだした。

「おぼえておれ」

口惜(くや)しげに吼え、こちらに背をみせる。

砂浜には点々と、血痕が繋がった。

「まあよい。討つ機会はある」

蔵人介は、ほっと胸を撫でおろした。

十一

三日後、夜。

月が煌々と輝いている。

蔵人介と市之進は、蔵前の一角に潜んだ。

蔵前は北から元旅籠町(もとはたごちょう)、森田町(もりたちょう)、御蔵前片町(おくらまえかたまち)とつづき、扶持米を担保に金を貸す札差の店が軒を並べる。

四つ辻の木陰に身を隠していると、蟹のような黒い影が近づいてきた。

串部だ。

「殿、まいりましたぞ」

「ふむ」

蔵人介は串部に命じ、梁瀬の動向を見張らせていた。

梁瀬はまず樽廻船(たるかいせん)三隻を調達し、沖合に待機させつづけた。

そして、大勢の食えない連中を掻き集め、今夜、一世一代の大勝負を仕掛ける肚でいる。

「まさか、公儀の御米蔵を狙うとはな」

さすがの蔵人介も、想像できなかった。

浅草の御米蔵は大川に面し、石垣と竹矢来に囲まれた敷地は三万七千坪におよぶ。

御米蔵は六十棟余り、年間五十万石もの米が集められ、八割は幕臣に支給される。

管理者は勘定奉行配下の蔵奉行十人、その配下には門番もふくめて百人近い諸掛かりがおり、労役人足は三百人を超えた。

掘割は上流の一番堀から八番堀まであり、昼であれば櫛の歯状に築かれた御蔵の埠頭(ふとう)を遠望できる。

だが、今は埠頭の位置をしめす篝火(かがりび)が点々と揺れているだけだ。

気のせいか、警戒にあたる者の数も少なく感じられる。

罠でなければよいがと、蔵人介はおもった。

「殿、あれを」

串部が囁いた。

鋤や鍬を抱えた連中が大路に溢れかえっている。

「百や二百ではきかぬぞ」

まるで、蝗の群れだ。

梁瀬三太夫が、群衆に担ぎだされた。

人間神輿のうえによじ登り、両手を大きく広げる。

「みなの衆、よくぞ集まってくれた」

固太りのからだが、三倍にも膨らんでみえた。

「これより、米蔵を襲う。御上の米蔵じゃが、これっぽっちも遠慮はいらぬ。わしらの米を取りもどすのじゃ」

梁瀬は拳を突きあげ、激しい口調で煽りたてる。

「米蔵をぶちこわせ。米俵を埠頭の荷船に積みこめ。そして、沖で待つ樽廻船に荷を移して、北へ向かうのじゃ。津軽へ、奥羽へ、陸奥へ、樽廻船の舵を北に切るのじゃ」

「うわあああ」

地の底から、怒号がわきあがってくる。

群衆は大波となって蔵番所の柵を破り、米蔵に圧しよせた。

役人たちは抵抗もせず、刀を捨てて逃げていく。

蟻群(ありむれ)のごとき百姓たちは勢いに乗った。

「それ、ぶちこわせ」

分厚い土壁が破壊され、穿(うが)たれた破孔から、暴徒たちがなだれこむ。

山と積まれた米俵が、見る間に減っていった。

「運べ、運べ」

米蔵から埠頭まで、人が数珠(じゅず)のように繋がっている。

米俵は船内へ、つぎつぎに積みこまれていく。

誰も彼もが必死だ。憑(つ)かれたように動いている。

荷船はつぎつぎにやってきた。荷を積んだ船は埠頭を離れ、沖で待つ樽廻船に吸いよせられていく。

大型の樽廻船ならば、一隻につき最低でも二千五百俵、一千石は積みこめる。

米相場は暴騰しているので、金額に換算すれば一千両は優に超えるだろう。

「三隻分ともなれば、莫大な金額になりますな」

串部は冷静に算盤(そろばん)を弾いた。

蔵人介たちは暴徒に混じって埠頭に潜入し、作業の行方を眺めている。

不思議なことに、呼子も鳴らず、捕り方もあらわれない。

暴徒たちはただ黙々と、闇のなかで作業を繰りかえしている。

夢でもみているようだ。

これが悪夢にならぬことを祈りつつ、蔵人介はじっと作業を見守った。

荷積みは深更(しんこう)におよび、二刻(四時間)ほどもつづいた。

「それにしても、役人が来ませんね」

市之進も不審を口にする。

「怪しいな」

おそらく、相手は知っているのだ。

御米蔵が襲われるのを承知しているとしか考えられない。

最後の荷船が米俵と人を満載にし、桟橋から離れていった。

「出航せよ」

しばらくして梁瀬の命が下り、三隻の樽廻船が碇(いかり)をあげた。

「行っちまった」

串部がつぶやいた。

と、そのときである。

大川にぱっと灯が点(つ)いた。
無数の光が川面(かわも)に浮かんでいる。
ともすれば、見とれるほどの光景だった。
「鯨船(くじらぶね)ですぞ」
市之進が指を差した。
捕り方の有する十人乗りの快速船が、樽廻船を三方から囲みはじめた。
鯨船に乗るのは町奉行所の捕り方たちだが、陣頭指揮に立つのは大目付の配下だ。
樽廻船に乗る百姓たちは怖れをなし、つぎつぎに川へ飛びこんでいく。
「莫迦め」
大川の流れはきつい。
飛びこめばまず、溺れてしまうだろう。
泳ぎの得意な者も、無事ではいられまい。
寄せてくる快速船には、手槍をもった捕り方たちが待ち構えていた。
「助けてくれ。ぎゃ……っ」
川の随所で断末魔(だんまつま)の叫びが響きわたった。
少しでも抵抗すれば、魚のように突かれてしまう。

血の海と化した川面には、何体もの屍骸が漂いはじめた。
もはや、手のほどこしようもない。
空が白々と明け初めたころ、生きのこった者たちが縄に引かれて桟橋へやってきた。
そのなかに、梁瀬三太夫のすがたはない。
蔵人介は串部に命じ、小舟を繰りださせた。
三人とも黒羽織を纏い、不浄役人を装っている。
気づく者などいない。不審を抱く余裕もなかろう。
下流から上流に向かい、川面に浮かぶ屍骸をひっくり返していく。
虚しい作業だった。
梁瀬は藻屑となって消えたのだろうか。
里のためにも、生きていてほしかった。
「おうい、頭目がみつかったぞ」
遠くのほうで、捕り方が叫んでいる。
一艘の鯨船に、みなの目が集まった。
別の快速船が迫り、陣笠をかぶった偉そうな人物が家来ともども移乗する。

「あれは大目付、須田豊後守でござりますぞ」

市之進が、船端から身を乗りだした。

須田豊後守のかたわらには、用人頭の椎名仙三郎も控えている。

後ろ手に縛られた梁瀬三太夫は、艫(とも)に立たされた。

「やれ」

豊後守の命がくだり、椎名は白刃を抜きはなつ。

蔵人介は息を呑んだ。

「けい……っ」

一閃、梁瀬の胴が一刀両断にされた。

「くそっ」

市之進が歯嚙みする。

蔵人介は溜息を吐いた。

口惜しい。

里との約束を果たすことができなかった。

「義兄上、本物の悪党どもはあれに」

市之進が眸子(まなこ)を怒らせた。

「わかっておる」

「どうなされます」

「やるさ。やらずばなるまい」

ぶるっと、からだが震えた。

怒りなのか、武者震いなのか。

蔵人介自身にも判然としなかった。

十二

数日後。

目付の脇坂十郎左衛門が、自邸にて腹を切った。

降格処分への抗議と目され、即刻、脇坂家は改易となった。

理不尽な世の中を嘆いたところで、物事はひとつも解決しない。

憤懣やるかたない市之進と串部をともない、蔵人介は江戸の闇に潜りこんだ。

空に月はなく、わずかな星明かりだけがある。

ここは深川の洲崎、耳を澄ませば波音が聞こえてきた。

『三枡屋』といえば、高価な料理茶屋の代名詞でもある。

表口には法仙寺駕籠が着き、客があらわれるのを待っていた。

「そろそろ、悪党どもの出てくる頃合いだな」

睨んだとおり、表口が騒がしくなった。

「さあて、お客さまのお帰りだ」

最初に、いたちの折三が悪相をみせた。

つづいて、闕所物奉行の鳥飼新兵衛が三枡屋の若女将とともにあらわれ、最後に、美濃屋仁吉が肥えた腹を突きだしてやってきた。

蔵人介たちは暗闇で顔を見合わせ、ぱっと三方に分かれた。

若女将の提げた灯りが遠ざかり、縦に三挺連なった駕籠が暗い道をやってくる。

闕所物奉行、美濃屋、折三の順だ。

「あん、ほう、あん、ほう」

駕籠かきの掛け声がかさなった。

用心棒が三人いる。

先頭にひとり、最後尾にふたり、用心棒たちは提灯を翳しながら周囲に警戒の目を配っている。

「うらあぁ」

突如、黒頭巾をかぶった市之進が道端に躍りだした。

「ひぇっ」

驚いた駕籠かきどもは、尻をみせて逃げだす。

市之進に迷いはない。

まんなかの駕籠に狙いを定め、肩からぶちあたってゆく。

「うわっ」

横倒しになった駕籠から、美濃屋の脚が突きでた。

毛むくじゃらの脚が二本、ばたばたもがいている。

前の鳥飼と後ろの折三が、垂れを捲って顔を出した。

「何をしておる。斬れ、斬らぬか」

鳥飼に命じられ、用心棒どもは我に返った。

「くせものめ」

三人は一斉に抜刀し、間合いを詰めてゆく。

市之進は動じず、美濃屋の両脚を抱えて引きずりだした。

「うわっ、放せ、何をする」

肥えた商人が、眸子に恐怖の色を浮かべた。

市之進は両脚を小脇に抱え、ぐるんぐるんと旋回させはじめた。

「くわああ」

猛速で独楽のように回転しながら、雄叫びをあげている。

用心棒どもは刀を構えたまま、一歩も近づけない。

道端には、幹の太い喬木が立っていた。

「やめて……や、やめてくれ」

美濃屋は髷を飛ばし、目を白黒させた。

市之進は回転の速度をゆるめない。

「ぬぎゃっ」

つぎの瞬間、鉢頭が幹にぶつかり、粉微塵に砕けちった。

「おのれ」

ここぞとばかりに、用心棒どもが斬りかかってきた。

と、そこへ。

黒い旋風が縫うように駆け抜けた。

「ふわっ」

「ぎぇっ」

串部の「鎌髭」が唸りあげ、断末魔の叫びがつづく。

地べたには、六本の髷が切り株のようにのこされた。

用心棒どもは髷を刈られ、地べたに這いつくばる。

「ひぇぇぇ」

いたちの折三が駕籠から転げ落ちた。

目のまえには串部が立っている。

「死ね」

ひゅんと刃風が鳴り、折三は腰から下を失った。

「くせものめ」

ひとりのこった鳥飼が駕籠から抜けだし、無謀にも白刃を抜く。

斬りかかってくるのかとおもえば、そうではなかった。

くるっと踵(きびす)を返し、道端の笹藪(ささやぶ)へ逃げこんでゆく。

「鳥飼どの」

蔵人介が笹藪を掻きわけ、鼻先に声を掛けた。

「うへっ」

驚いた鳥飼は、闇雲に刀を振りまわす。

「鳥飼どの、落ちつかれよ。拙者、御膳奉行の矢背蔵人介にござる」

「お、おう。矢背どのか」

「いったい、どうなされた」

「賊に、賊に襲われたのじゃ……にしても、なぜ、矢背どのがここに」

「奇遇でござるな。三枡屋で接待を受けておりました」

「なるほど、そうであったか」

「助けて進ぜましょう。賊はどこに」

「そ、そこじゃ」

「え、どこに」

蔵人介は鳥飼に背を向け、しゅっと白刃を抜いた。

そして、振り向きざま、蒼白い刃を薙ぎあげる。

「うけっ」

宙高く飛んだ闕所物奉行の生首は、喬木の尖(とが)った枝に突き刺さった。

首無し胴は震えながら、茫々(ぼうぼう)と血を噴いている。

「下司(げす)め」

蔵人介は返り血を避け、愛刀を鞘に納めた。

十三

翌朝。

大目付須田豊後守の用人頭、椎名仙三郎の首が妾宅（しょうたく）にてみつかった。

木場に囲った情婦が目覚めてみると、血だらけの生首を抱いていたのだ。

この一件があって以来、豊後守は城への行き帰りの警固を固め、自邸でも一晩中篝火を焚かせるとともに、不寝番（ふしんばん）を何人も立てて見張らせた。

だが、どうしても、ひとりになるところがある。

千代田城の城内であった。

豊後守が変死を遂げたのは、用人頭の死から五日後のことだ。

黒書院溜近くの厠で、城坊主が屍骸をみつけた。

大目付は小刀で咽喉首を掻いていた。

遺書らしき文には「侏儒」とだけ記されてあったという。

冬至になった。

飯田町の綾辻家へ、綿帽子をかぶった花嫁がやってきた。

元目付、脇坂十郎左衛門の次女、錦である。

脇坂家は当主の切腹によって断絶、錦は母方の実家に身を寄せていた。

そこへ、おもわぬはなしが舞いこんだ。

市之進が「嫁に欲しい」と申しこんだのだ。

頑なに拒む錦にたいし、三顧の礼をもって真心をしめし、ついに、今日のめでたい日を迎えた。

「市之進らしい」

幸恵は花嫁を迎える縁者のひとりとして、誇らしげに目をほそめた。

断絶になった家の娘を嫁取りしても、綾辻家にとっては何ひとつ益はない。

敢えて、益のないことをする市之進の行為は、上役や同僚たちの目には奇異に映った。

だが、志乃は「それでこそ武士。市之進どのは一家の誉れです」と、手放しで褒めたたえた。

幸恵は、そのことばに救われたのだ。

綾辻家の面々も、錦を温かく迎えた。市之進のもつ意志の強さを、得難いものに感じているようだった。

そして、もうひとつ、めでたいことがあった。

綾辻家の口利きで、武家娘と老いた下僕が同じ徒目付の家に迎えられることとなった。

ほかでもない、里と源爺である。

「あの娘、脇坂家と縁があったとは、知りませんでしたよ」

幸恵に袖をつっと引かれ、蔵人介は身構えた。

「蒸しかえすわけではないけれど、いったい、里どのはどこで行き倒れになっていたのでしょうね」

疑り深い妻は口を尖らせ、上目遣いにみつめてくる。

「まあ、よいではないか」

蔵人介が微笑みかけると、幸恵もほっと肩の力を抜いた。

「そうですね。いずれ、里どのも良縁に恵まれることでしょう」

「ふむ」

そうであってほしいと、蔵人介は願わずにいられなかった。

里の幸せが、梁瀬三太夫や逝った者たちへの供養になればいい。

「あ、蔵人介さま」

幸恵が、ぱっと顔を輝かせた。

空から、白いものが落ちてくる。

「初雪か」

舞い落ちる雪と花嫁の綿帽子が、眼差しのさきで重なった。

二〇一二年八月　光文社文庫刊

図版・表作成参考資料

『図解　江戸城をよむ——大奥　中奥　表向』（原書房）

『江戸城本丸詳圖』（人文社）

光文社文庫

長編時代小説

惜別　鬼役 五　新装版

著者　坂岡真

2022年6月20日　初版1刷発行

発行者　鈴木広和
印刷　新藤慶昌堂
製本　ナショナル製本

発行所　株式会社 光文社
〒112-8011　東京都文京区音羽1-16-6
電話（03）5395-8149　編集部
8116　書籍販売部
8125　業務部

落丁本・乱丁本は業務部にご連絡くだされば、お取替えいたします。
ISBN978-4-334-79378-4　Printed in Japan

組版　萩原印刷